소중한＿＿＿＿＿＿＿＿＿에게 이 책을 드립니다.

하루에 글 한 편,
나를 행복하게 하는
이야기
365

하루에 글 한 편, 나를 행복하게 하는 이야기 365

초판 1쇄 발행   2022년 06월 30일
—
글   민희
—
펴낸이   김왕기
편집부   원선화, 김한솔
디자인   푸른영토 디자인실
—
펴낸곳   푸른문학
경기도 고양시 일산동구 장항동 865 코오롱레이크폴리스1차 A동 908호
전화 | 031-925-2327   팩스 | 031-925-2328
제396-2013-000070호
홈페이지   www.blueterritory@com
전자우편   book@blueterritory.com
—
ISBN   979-11-968684-6-8 03810

A book that conveys happiness to me

하루에 글 한 편,
나를 행복하게 하는
이야기
365

민희 글

푸른문화

행복하지 않다고 생각하는 사람들은
자신을 사랑하지 못하고,
다른 것을 바라보고 있다는 점입니다.
하루의 행복은 거창한 것이 아닙니다.
자신을 사랑하고
당신에게 주어진 소소한 선물을
감사하게 받아들이면
당신에게도 행복이 찾아옵니다.

당신의 행복한 하루를 위하여

사람이라면 누구나 날마다 꿈을 꾸고 꿈을 이루고 싶어 합니다. 그리고 마침내 바라는 것을 이루었을 때, 너 나 할 것 없이 더할 나위 없는 행복을 느낍니다. 반대로 바라는 것을 이루지 못했을 때, 절망감에 빠져 있기도 합니다. 이렇듯 사람의 인생이라는 것은 어떻게 보면 무언가를 꿈꾸고 그것을 이루고 행복해지는 과정의 반복이라고 해도 과언이 아닙니다.

그렇다면 어떻게 행복할 수 있을까요? 당연히 '무언가'가 필요합니다. 꿈만 꾸고 바라기만 한다면 성공할 수 있을 리가 없습니다. 행복하기 위해서는 노력이 필요합니다.

그렇다면 어떻게 행복할 수 있을까요? 당연히 '무언

가'가 필요합니다. 꿈만 꾸고 바라기만 한다면 성공할
수 있을 리가 없습니다. 행복하기 위해서는 행복해
지려는 시간을 갖는 노력이 필요합니다.

애니 딜러드는 "하루하루를 어떻게 보내는가에 따라
우리의 인생이 결정된다"고 말했습니다.

사람들은 일주일, 한 달을 헛되이 보낸 것에 후회를
하는 이들은 많지만 하루쯤 헛되이 보낸 것에 후회를
하는 사람은 많지 않습니다. 하지만 하루가 모여 일
주일이 되고, 한 달이 되고, 1년이 되고, 이것들이 모
여서 인생이 됩니다.

행복한 하루를 보내기 위해서는 무언가 엄청난 것이
필요한 게 아닙니다.

지금까지는 당신의 하루가 후자와 같았을지 몰라도
얼마든지 전자처럼 바뀔 수 있습니다.

행복해지려면 남들과 비교하지 마세요. 당신은 당신
만의 길을 걸어가면 됩니다. 때로는 인생의 쓴맛을
볼 때도 있습니다. 그럴땐 가끔씩 여유로운 바람에
몸을 맡긴 채 유유히 흘러가도 좋습니다.

여기 《하루에 글 한 편, 나를 행복하게 하는 이야기 365》는 당신에게 용기와 위로, 지혜를 주는 짧은 이야기로 이루어져 있습니다. 이 글들로 꾸준히 당신의 마음속에 새기는 일을 한다면, 당신이 삶을 서서히 변화시킬 수 있는 기회는 되어줄 것입니다. 그 기회를 내일, 하루에 글 한 편을 당신에게 주는 선물로 여겨보세요.

이 소소한 선물 덕분에 당신의 하루가 행복했으면 좋겠습니다.

민희

차례

하루에 글 한편,
나를 행복하게 하는
이야기
365

당신은 지금 스타트라인에 서 있다

단단히 굳힌 마음을 자랑스럽게 여기며 이제 힘껏 뛸 준비를 하고 있나요?

그렇다면 당신은 지금 발전을 위한 마라톤의 스타트라인에 서 있는 것이로군요. 스타트라인에 서 있는 당신은 지금 무슨 생각을 하고 있나요?

아직까지도 물렁한 마음을 붙잡고 망설이고 있다면 자신에게 한번 물어보세요. 만약 이번이 출발할 수 있는 당신의 마지막 기회여도 괜찮은지, 마라톤을 시작한 이들의 뒷모습만 보며 땅을 치고 통곡하지 않을 자신이 있는지 말이에요.

레이스는 이미 시작되었다

결코 후회하지 말 것, 뒤돌아보지 말 것을 인생의 규칙으로 삼아라.
후회는 쓸데없는 기운의 낭비다. 후회로는 아무것도 이룰 수 없다.
단지 정체만 있을 뿐이다.

♣

케서린 맨스필드

당신을 변화시키기 위한 레이스는 이미 시작되었습니다.

그런데 당신은 무엇을 그렇게 망설이고 있나요? 이제 당신에게 필요한 것은 앞만 보고 달리는 일인데 말이에요. 자신의 레이스에만 집중해도 모자랄 판에 뒤에 있던 이들은 얼마만큼 따라붙었는지, 제대로 가고 있는 게 맞긴 한 건지 등 잡념과 걱정에 빠져 제 실력을 발휘하지 못하는 주자들이 너무나도 많습니다. 다 끝난 경기를 뒤돌아보면서 '조금만 더 열심히 뛸걸' 하는, 진부한 후회 이야기의 주인공이 되고 싶지 않다면 지금 레이스에 최선을 다하세요.

생각지도 못 했던 일들이 일어난다

믿고 첫걸음을 내딛어라.
계단의 처음과 끝을 다 보려고 하지 마라.
그냥 발을 내딛어라.

♣

마틴 루서 킹

한 치 앞도 내다볼 수 없는 게 인생이라고들 합니다. 대부분의 사람들은 그래서 무서워하고 불안해 하지만, 어떻게 보면 그렇기 때문에 즐거울 수도 있습니다. 내다볼 수 없는 미래에 행운이 있을지 불행이 있을지는 직접 겪어보지 않는 이상 아무도 모르기 때문입니다.

미래에 대한 불안함 때문에 당신의 꿈에 도전하지 못했다면 이제부터라도 용기를 내야 합니다. 도전하는 삶이 불안하다면 도전하지 않는 삶도 불안하기는 마찬가지입니다.

인생은 생각대로 흘러가지 않습니다. 하지만 그렇기 때문에 멋진 것입니다. 생각지도 못 했던 일들이 마구 일어나기 때문입니다. 불안 대신 믿음으로 행복을 상상하며 당신의 인생을 즐기세요.

한 걸음이 쌓여 등산이 된다

어떤 돌이 전혀 움직이지 않아 도저히 손을 쓸 방도가 없다면
먼저 주변의 돌부터 움직여라.

♣

루트비히 비트겐슈타인

최소한의 생활만 꿈꾸며 그것에 만족하는 사람은 그리 많지 않습니다. 대부분 큰 꿈과 야망을 갖고 살아가지요.

그런데 큰 꿈을 단번에 이루기란 쉽지 않습니다. 그래서 많은 사람들이 엄두조차 내지 못합니다. 마치 거대한 산을 맞닥뜨린 듯한 기분에 사로잡히기 때문입니다.

하지만 아무리 높은 산이라도 한 걸음 한 걸음 내딛다 보면 어느 순간 정상에 도달하게 됩니다. 큰 꿈을 이루기 위해서는 우선 한 걸음, 당신이 할 수 있는 가장 사소한 일이 필요합니다.

엉킨 실타래, 사실은 실 한 가닥

어려우니까 감히 손대지 못하는 것이 아니다.
과감하게 손대지 않으니까 어려워지는 것이다.
♣
루키우스 세네카

손쓸 수 없는 역경에 부딪혔다고 해서 정말로 손을 놓고만 있을 작정인가요?

도저히 풀 수 없을 것같이 생긴 실타래에 한번 손을 댔더니 스르륵 하고 풀린 경험이 누구에게나 있을 것입니다. 아무리 복잡하게 엉켜버린 실타래라 해도 일단 풀고 보면 단순한 실 한 가닥일 뿐입니다. 해결하려 시도하지 않고 방치하다 보면 사실 단순한 실 한 가닥이었던 것은 영원히 복잡한 실타래로 남을 수밖에 없습니다.

모든 문제는 해결하기 위해 도전하는 순간 해결되기 시작합니다.

두려워하지 않는 것? 두려워도 계속하는 것!

두려움을 가로질러 스스로 길을 열어나간다면,
모든 가능한 기회를 누릴 능력이 있다면
우리는 감히 꿈에서나 생각했던 그런 인생을 진정으로 살아볼 수 있을 것이다.

엘리자베스 퀴블러 로스

제아무리 용감한 사람이라도 두려워하는 것 하나쯤
은 갖고 있습니다. 두려워하는 것이 없기 때문에 용
감한 것이 아닙니다. 용감한 사람과 그렇지 못한 사
람의 차이는 두려워도 그것을 극복하기 위해 노력하
느냐, 그렇지 못하느냐에 있습니다. 마찬가지로 두려
움을 이기기 위해 노력하는 섯이 신정한 용기입니다.
아무리 두려워도 용기를 갖고 한 걸음 내딛기를 시도
하다 보면 인생은 용감한 당신을 위해 친히 길을 내어
줄 것입니다.

고통과 즐거움이 시소를 탄다

**진정으로 웃으려면 고통을 참아야 하며,
나아가 고통을 즐길 줄 알아야 한다.**

♣

찰리 채플린

당신은 고통을 무조건 나쁜 것이라 생각하겠지만 잘
만 활용하면 당신에게 도움을 주기도 합니다.

사람은 누구나 고통을 피하려고 하는 본능을 가지고
있습니다. 그리고 즐거움은 마음껏 누리려고 하지요.
고통과 즐거움이라는 이 두 가지 요소를 반대로 이용
하면 당신의 인생을 변화시킬 수 있습니다.

예를 들어 담배를 끊고 싶다면 담배를 피워 건강이 나
빠지는 고통을 상상해보세요. 그리고 담배를 끊어 건
강이 좋아지는 즐거움도 상상해보세요. 두 가지 요소
를 번갈아 상상하다 보면 어느새 담배와 멀어진 당신
의 모습을 발견하게 될 것입니다.

10퍼센트와 120퍼센트의 차이

작은 성실함은 위험한 것이다.

오스카 와일드

어떤 일에 최선을 다했다고 생각한 당신, 혹시 바라는 대로 이루어지지 않아 속상한 적이 있지 않나요? 하지만 이때 당신이 생각한 최선의 기준이 턱없이 모자랄 수도 있다는 것을 알아야 합니다.

사람마다 성실의 기준은 다릅니다. 어떤 사람은 자신이 쓸 수 있는 힘의 10퍼센트만 써놓고 최선을 다했다고 이야기합니다. 또 어떤 사람은 자신이 쓸 수 있는 힘을 넘치게 써놓고도 최선을 다하지 못했다며 불만스러워합니다. 이들 중 누가 성공할 확률이 더 클까요?

당신의 성실의 기준을 높이세요. 그 기준에 따라 성공과 실패의 갈림이 바뀔 수도 있습니다.

원대한 꿈을 위한 두둑한 배짱

행동하지 않는 것은 의심과 두려움을 낳는다. 행동은 자신감과 용기를 낳는다.
두려움을 극복하고 싶다면 가만히 앉아서 생각만 하고 있지 마라.
밖으로 나가 움직이고 행동하라.

♣

데일 카네기

원하지 않는 일을 두려움까지 극복하면서 할 필요는
없습니다. 하지만 반대의 경우는 좀 다릅니다. 간절
히 원하는데도 두려움 때문에 포기하는 것만큼 어리
석고 안타까운 일은 없습니다. 원한다면 당당히 맞서
싸워야 합니다. 용기 있는 자에게 행운이 따르며 용
기 없는 자에게 불운이 따릅니다. 운명은 당신의 태
도에 따라 바뀌기도 하기 때문입니다.

대부분의 사람들이 원대한 꿈은 갖고 있으면서도 그
것을 이루기 위한 마음가짐은 미미하기 짝이 없습니
다. 당신의 꿈에 걸맞는 배짱을 두둑이 키우세요.

행운의 여신이 손을 내민다

불가능한 것을 손에 넣으려면 불가능한 것을 시도해야 한다.

♣

미겔 데 세르반테스

도저히 사람의 힘으로 이룬 것이라 믿어지지 않는 것을 해낸 위인들이 있습니다. 대부분의 사람들은 그들이 남들과 다른 것이라고 생각합니다.

그렇다면 정말 신은 애초부터 위인이 될 사람과 되지 못할 사람을 점찍는 것일까요? 행운의 여신은 위인을 알아보고 그들에게만 손을 내미는 것일까요?

아마 그렇지 않을 것입니다. 그들이 가장 먼저 한 것은 말도 안 되는 꿈을 꾼 일입니다. 남들이 불가능하다고 고개를 절레절레 흔들어도 개의치 않고 제 고집을 밀고 나간 것입니다.

먼저 도저히 불가능하다고 생각되어도 좋을 만큼 원대한 꿈을 꾸세요. 행운의 여신은 그런 당신에게 틀림없이 손을 내밀어줄 것입니다.

실패는 실패하지 않기 위한 것

성공이란 열정을 잃지 않고 실패를 거듭할 수 있는 능력이다.

♣

윈스턴 처칠

사자는 제 새끼를 낭떠러지로 밀어 넣는다는 말이 있습니다. 낭떠러지에 매달리게 되어도 어떻게든 기어 올라오게, 어떤 위험에 처해도 이겨낼 수 있게 만드는 것입니다. 그렇다고 해서 사자를 비정하다고만 말할 수는 없습니다. 그것이 여러 세대를 거쳐오면서 터득한 사자만의 생존방식이기 때문입니다. 사람도 마찬가지입니다. 아기는 넘어지면서 걷는 법을 배웁니다. 넘어지고 또 넘어지면서 엉엉 울기는 해도 걷는 것을 절대 포기하는 법이 없습니다.

하지만 우리는 자라면서 점점 실패하는 법을 잊어버립니다. 실패 한번 하면 엄청난 좌절감에 빠져 쉽게 헤어 나오지 못하기도 합니다.

실패하더라도 계속 도전하고, 실패하면서 무언가를 배울 수 있는 열정을 지니세요. 실패는 오히려 실패하지 않게 하기 위한 것입니다.

B와 D 사이의 C

결단을 내리지 않는 것이야말로 최대의 해악이다.

♣

르네 데카르트

'인생은 B와 D 사이의 C'라는 말이 있습니다. B는 birth로 탄생, D는 death로 죽음, C는 choice로 선택을 뜻합니다. 그만큼 사람은 태어나서 죽기 직전까지 선택이라는 것을 하며 살아가야 한다는 의미겠지요. 그런데 많은 사람들이 선택에 앞서 망설이곤 합니다. 누구나 어느 정도는 그렇지만 적정선을 넘어서면 곤란하게 됩니다. 업무상 중요한 결정을 내려야 할 때, 하다못해 점심으로 무엇을 먹을지 정할 때 등 우유부단함은 일상생활 어디에서든지 드러납니다. 이들은 좀 더 신중하려고 같은 온갖 변명을 합니다. 하지만 사실은 그 우유부단함이야말로 당신 자신이나 남에게 피해를 준다는 것을 깨달아야 합니다. 당신이 중요한 프로젝트를 맡을지 말지 고민하는 사이에 다른 동료들은 그 기회를 잃게 될 것입니다. 착한 것이 아니라 그냥 결단력이 없는 것뿐입니다.

일단 지르고 본다

용기란 죽을 만큼 두려워도 일단 한번 해보는 것이다.

♣

존 웨인

하고 싶은 일 앞에서 이리 재보고 저리 재보다가 기회를 놓쳐 후회한 적이 있지 않나요? 맘에 드는 옷을 발견했는데 사지 못했다면 쇼핑이 끝날 때까지 두고두고 생각나게 마련입니다. 반대로 샀는데 마음이 변했다면 교환이나 환불 같은 조치를 취할 수 있습니다. 해도 후회, 안 해도 후회라면 해보고 나서 후회하는 것이 낫지 않을까요? 일단 해보고 나서 후회하게 되면 뒷수습이라도 할 수 있지만 해보지도 못 하면 그것마저도 불가능하니까요.

너무 많은 생각은 미래를 향해 나아가는 당신의 발걸음을 멈추게 합니다. 하고 싶다면 그냥 한번 해보세요. 뜻밖의 행운이 찾아올지 누가 알겠어요?

100퍼센트는 없다

내가 처한 현실에서 어느 정도의 확신만 있어도 나는 행동으로 옮겼고,
결코 후회하는 일이 없었다.

♣

리 아이어코카

야구에서는 타자의 타율이 3할만 넘어도 인정을 받습니다. 열 번 중 세 번만 성공하고 일곱 번은 실패해도 좋은 타자라고 지칭되는 것이지요. 이렇듯 성공을 위한 실패는 아무리 많아도 지나치지 않습니다. 그런데 절대 실패하지 않기 위해 기회만 보고 있으면 경기가 끝날 때까지 단 한 번도 방망이를 휘두르지 못할 수도 있습니다.

일단 휘둘러야 합니다. 그래야 홈런이든 안타든 좋은 결과가 나올 수 있습니다. 만약에 아웃이더라도 소수의 안타나 홈런이 그것을 충분히 커버해줄 것입니다.

마라톤보다 길고 긴 인생

자기가 살고 있는 시대에 충실하라.
아무리 뛰어나고 걸출한 인물도 자기 시대에서 벗어날 수는 없는 법이다.

♣

벨타사르 그라시안이모랄레스

마라톤에서는 뛰기 전 전체 코스를 파악하고 나름대로 계획을 짜야 쉽게 성공할 수 있습니다. 그런데 전체 코스를 읽어내지 못하고 그냥 무작정 뛰다 보면 실패할 확률이 커집니다. 바로 앞에 오르막길이 있는 줄도 모르고 그 전까지 있는 힘을 다해 뛰다가 주저앉을 수도 있기 때문이지요.

인생도 이와 다를 바가 없습니다. 무작정 살다 보면 언제 어떻게 나타날지 모르는 위기상황에 대비할 수 없습니다. 당신이 지금 살고 있는 시대의 흐름을 파악해보세요. 그리고 그에 맞춰 당신의 인생을 철저하게 준비하세요. 마라톤보다 훨씬 더 길고 긴 인생을 어떻게 완주해야 할지 길이 보일 것입니다.

우격다짐에 담긴 지혜

직관을 따르는 일이야말로 가장 중요하다.
당신의 가슴, 그리고 직관이야말로
당신이 진정으로 원하는 것을 잘 알고 있다.
♣
스티브잡스

우리는 너무나도 이성적이고 논리적인 사회에서 살아가고 있습니다. 따라서 어떤 일을 하든 그것에는 확실한 근거가 필요합니다.

하지만 직관에 의해 결론이 내려신 다음 근거가 발견된 경우도 많습니다. 오히려 근거보다는 직관을 중요시하는 분야도 있지요.

세계적인 물리학자 아인슈타인 역시 자연의 기본적 원리를 발견할 때는 논리보다 직관을 믿었다고 합니다. 이렇듯 위대한 발견은 직관에서 탄생하기도 합니다.

당신의 뇌리를 불현 듯 스치는 직관을 마냥 무시하기만 해서는 안 됩니다. 그것이 오랫동안 끙끙 붙잡고 있었던 문제의 해결책이 되어줄지도 모르니까요.

몇 년이 걸리더라도 늦지 않다

인간의 문제점은 인생을 그냥 흘러가는 대로 산다는 것이다.
휴가기간에 무엇을 할까에 들이는 고민만큼
단 한 번만이라도 인생에서 우리가 원하는 게 무엇일까에 쏟는다면
그동안 얼마나 잘못된 기준으로 목표도 없이
바쁘게만 지내왔는가를 깨닫고 놀랄 것이다.

♣

도로시 캔필드

내가 무엇을 원하는지 목표를 정확히 정하지 않으면 그것에 다가가기란 어려울 수밖에 없습니다. 그냥 되는 대로 살다가 뒤늦게 자신이 잘못된 방향으로 나아가고 있다는 것을 깨닫고 급히 수정하는 이들도 수두룩합니다.

한 번뿐인 인생에서 진짜 원하는 것을 찾는 일은 그리 만만한 것이 아닙니다. 몇 달 혹은 몇 년이 걸리기도 합니다. 충분한 시간과 마음의 여유를 갖고 고민해도 늦지 않습니다.

장애물이 아닌 결승선을 보라

괴로워하거나 불평하지 말라.
사소한 불평은 눈감아버려라.
어떤 의미에서는 인생의 큰 불행까지도 감수하고 목적만을 향해 똑바로 전진하라.

♣
빈센트 반 고흐

장애물달리기는 28개의 허들과 일곱 개의 물웅덩이를 뛰어넘는 육상경기입니다. 선수들은 수많은 장애물을 뛰어넘으며 결승선을 향해 돌진합니다. 그런데 이때 선수늘이 바로 앞에 있는 장애물에 가로막혀 앞으로 나아가지 못한다면 어떻게 될까요? 당연히 승리는 물 건너가고 맙니다.

당신의 인생에 있어서도 크고 작은 장애물은 언제든지 나타날 수 있습니다. 그때 장애물에만 급급하다 보면 결승선 근처에도 갈 수 없게 될지 모릅니다. 장애물이란 뛰어넘기 위해 존재하는 법입니다. 눈앞의 장애물 대신 멀리 있는 결승선을 향해 시선을 고정시킨 채 방해가 되는 것들은 뛰어넘고 제쳐버리면 그만입니다.

가고자 하는 사람에게만 길이 열린다

인생은 흘러가는 것이 아니라 채워지는 것이다.
우리는 하루하루를 보내는 것이 아니라 내가 가진 무엇으로 채워가는 것이다.

♣
존 러스킨

아무렇게나 그린 그림, 아무렇게나 쓴 글씨, 아무렇게나 만든 음식 등 아무렇게나 해버린 것 중 제대로 된 것이 얼마나 있을까요?

아무렇게나 제멋대로 살았던 영화나 드라마 주인공들도 결국 사랑하는 사람을 만나는 등 어떠한 계기로 목표를 찾게 됩니다. 그리고 그들 나름대로 행복하게 살면서 결말이 나곤 하지요. 주인공이 계속 제멋대로인 채 끝나는 영화나 드라마는 흔하지 않다는 말입니다.

당신의 인생도 마찬가지입니다. 아무렇게나 살다 보면 당신의 인생도 아무렇게나 되어버릴지 모릅니다. 아무런 목표도 없이 되는 대로 살면서 자신의 인생이 올바른 방향으로 나아가길 꿈꾸는 것만큼이나 어불성설인 것은 없습니다.

당신의 생각은 믿을 수 없다

목표를 달성하고 싶으면 그것을 기록하라.
목표달성에 헌신하겠다는 마음으로 목표를 기록하라.
그러면 그 행동이 다른 곳에서의 움직임을 이끌어낼 것이다. ♣

헨리에트 앤 클라우저

학교에서 수업을 받을 때 혹은 직장에서 업무를 처리할 때 모든 것을 머릿속으로만 생각하고 기억하려는 사람은 없습니다. 자신들 나름대로 중요한 것을 기록하는 것입니다. 필기를 잘한 사람의 노트는 남나기도 합니다.

사람의 머리 자체에 한계가 있기도 하지만 기록에는 놀라운 힘도 담겨 있기 때문에 중요합니다. 이 놀라운 힘은 목표를 설정하는 데도 큰 영향을 미칩니다. 목표는 명확해야 합니다. 하지만 머릿속에만 둥둥 떠다니는 목표는 명확하려야 명확할 수 없습니다. 생각을 정리한 후 그것을 다시 기록해야만 목표는 비로소 목표다워질 수 있는 것입니다. 기록하면 기록할수록 더욱 구체적이게 됩니다. 그리고 그때 당신은 목표에 한 발짝 더 다가갈 수 있습니다.

단거리가 아닌 장거리다

목표는 장기적이어야 한다.
단기적인 목표를 세우면 일시적인 장애물에 부딪혀도 쉽게 포기하게 된다.
하지만 장기적인 목표를 세우면 사소한 문제나
일시적인 장애물에 굴복하지 않고 그것을 극복하여 성취할 수 있다.
♣
지그 지글러

당신이 품고 있는 원대한 꿈은 하루아침에 이루어질 수 있는 것이 아닙니다. 그 꿈을 이루어나가는 과정은 마라톤과 같다고 할 수 있습니다. 그런데도 대부분의 사람들이 단거리달리기를 하는 것처럼 마음만 급하고 페이스 조절을 하지 못합니다. 결승선이 보이지 않는다고 쉽게 좌절해버립니다.

마라톤에서 승리하기 위해서는 느긋한 마음으로 자신의 페이스를 지켜야 합니다. 또한 숨이 턱 막히는 한계점에 부딪혀도 포기하지 않는 마음가짐이 중요합니다. 그러다 보면 어느새 마라톤 결승선 곁에 있는 당신의 원대한 꿈과 조우하게 될 것입니다.

목적은 소뿔이 아니라 소다

삶의 기술이란 하나의 공격목표를 정해놓고
거기에 모든 힘을 집중하는 것이다.

♣

앙드레 모루아

교각살우라는 말이 있습니다. 소의 뿔을 바로잡으
려다가 소를 죽인다는 뜻이지요. 당신의 목적은 소
의 뿔이 아니라 소인데도 불구하고 자꾸만 눈길은 소
의 뿔로 향하곤 합니다. 눈앞에 있는 작은 것에 이리
저리 눈을 돌렸다가는 정말로 당신이 원했던 큰 것을
잃을지도 모릅니다. 작은 것은 남에게 과감히 내주세
요. 그리고 당신은 큰 것을 향해 일직선으로 나아가
야 합니다.

큰 물고기는 큰물에서 논다

**큰 목표를 설정해 놓고 부단히 노력하는 사람은
인생의 진정한 승리자인 것이다.**

♣

루키우스 세네카

큰 것을 담으려면 큰 그릇이 필요하고, 큰 것을 자르려면 큰 칼이 필요하며, 크게 이루려면 크게 꿈꾸어야 합니다.

'내가 정말 잘할 수 있을까?'와 같은 작은 생각은 당신을 정말 작게 만들어버립니다. 반면 '나는 분명히 할 수 있을 거야!'와 같은 큰 생각은 당신을 정말 크게 만들어줍니다.

사람들은 작은 목표를 이루기 쉬울 것이라 생각하지만 오히려 그것에 다가설 수 있는 길은 좁으며 경쟁자까지 몰려 힘들어집니다. 하지만 큰 목표에 다가설 수 있는 길은 다양할 뿐만 아니라 경쟁자까지 분산되어 자신의 능력을 마음껏 뽐낼 수 있습니다.

큰물에서 노는 큰 물고기가 되세요.

공상과 현실의 차이

계획 없는 목표는 한낱 꿈에 불과하다.

♣

앙투안 드 생텍쥐페리

세상에 꿈을 꾸는 사람은 많습니다. 하지만 그것을 실제로 이루는 사람은 그리 많지 않습니다. 차이는 어디에서 생기는 것일까요? 일단 시도하는 것이 가장 중요하겠지만 그때 계획을 세우느냐 안 세우느냐 역시 큰 비중을 차지합니다. 계획을 짠 사람은 예상치 못한 일이 발생해도 금세 방향키를 고쳐 잡을 수 있습니다. 계획을 짜지 않은 사람은 상황에 따라 이리저리 휘둘리기 마련입니다. 정신을 차리고 보면 어느새 자신의 목표는 보이지 않을 정도로 멀리 떠나가게 되어버리는 것이지요.

구체적인 계획을 세워 체계적으로 목표에 다가설 수 있도록 해야 합니다.

큰 목표는 잘게 썰어 요리한다

기한을 정하지 않은 목표는 총알 없는 총이다.

♣

브라이언 트레이시

꿈을 이루지 못한 사람들이 세운 계획을 살펴보면 터무니없게 마련입니다.

원대한 꿈을 이루어야 한다고 꼭 계획까지 원대할 필요는 없습니다. 오히려 계획은 자잘해야 합니다. 큰 목표일수록 잘게 썰라는 말도 있으니까요. 처음부터 계획을 너무 거창하게 세우다 보면 그대로 실천하기 급급해 곧 지쳐버리고 맙니다. 결국 목표와 점점 멀어져 버리지요. 당신이 현실적으로 행할 수 있는 작은 계획을 하나하나 실천하다 보면 조금 오래 걸릴지 몰라도 어느 순간 목표든 계획이든 내 마음대로 요리할 수 있게 됩니다.

꿈을 꿀 때는 얼마든지 낙관주의자가 되어도 좋지만 계획을 짤 때는 반드시 현실주의자가 되어야 합니다.

현실도피의 즐거움

강력한 상상은 스스로 현실을 창조한다.

♣

미셸드 몽테뉴

계획들을 실천하느라 삭막한 현실에서만 지냈다면 당신은 충분히 지쳐 있을 것입니다. 이때 잠시 현실을 떠나보는 것도 좋은 방법입니다.

눈을 감고 당신의 미래를 상상해보세요. 원하는 것을 이루었을 때의 모습을 말이지요. 이러한 시각화는 지친 당신에게 위로가 되어줄 뿐만 아니라 동기도 부여해주어 더욱 목표를 향해 나아갈 수 있도록 도와줍니다.

마지막에 웃는 승자

대개 행복하게 지내는 사람은 노력가다.
게으름뱅이가 행복하게 사는 것을 보았는가.
노력의 결과로써 오는 어떤 성과의 기쁨 없이는
누구도 참된 행복을 누릴 수 없기 때문이다.
수확의 기쁨은 그 흘린 땀에 정비례한다.

♣
윌리엄 블레이크

이 세상에는 열심히 사는 사람, 그냥 그럭저럭 사는
사람, 게으르게 사는 사람 등이 있습니다. 끼리끼리
모여 살면 좋을 텐데 그렇지 못해 당신은 자연스럽게
게으르게 사는 사람도 보게 됩니다. 그들을 한심해
하면서도 어느 한순간 부러워질 때가 있을지도 모릅
니다. 하지만 그들은 당장 즐거워할지라도 곧 자괴감
에 빠져 허우적댈 것입니다. 누구보다도 열정적으로
사는 당신은 그때 그들을 실컷 비웃어주면 됩니다.
마지막에 웃는 승자가 진짜 승자입니다.

오늘의 꿈이자 내일의 현실

꿈이 현실의 행동으로 나타나고 그 행동에서 다시 꿈이 생겨나면
이윽고 삶의 가장 고상한 형태가 만들어진다.

♣
아네스 닌

꿈만 꾸는 사람, 현실만 보는 사람, 꿈을 현실로 바꿀
줄 아는 사람.
당신은 이 셋 중 어떤 부류의 사람인가요?
노력은 하지 않은 채 꿈을 꾸기만 하는 사람은 그것을
이룰 수 없습니다. 현실에만 집중하는 사람은 꿈을
꾸는 재미를 모른 채 팍팍하게 살 수밖에 없습니다.
확실한 목표와 신념으로 똘똘 뭉쳐 계획을 실천할 줄
아는 사람만이 꿈을 현실로 바꿀 수 있습니다.
당신이 꼭 세 번째 부류의 사람이 되기를 바랍니다.

상상 속의 나는 라이벌이다

당신이 상상하고 있는 것은
당신이 살게 될 멋진 인생을 보여주는 영화 예고편과 같다. ♣

알베르트 아인슈타인

시각화를 좀 더 효과적으로 사용할 수 있는 방법이 있습니다. 결과만 상상하지 말고 과정도 상상하는 것입니다. 목표로 세운 것을 이루기 위해 열심히 하는 자신의 모습을 상상한다면 그것은 그 자체로도 당신에게 좋은 자극제가 되어줄 것입니다. 상상 속의 당신을 라이벌로 삼고 그것과 함께 경쟁을 펼쳐보세요.

제때 열어본 음식이 맛있다

**믿음이 없다면 사람은 아무것도 해낼 수 없다.
그것이 있다면 모든 것이 가능하다.**

♣

윌리엄 오슬러

당신은 지금 충분히 잘해내고 있는데도 불구하고 자꾸만 뒤를 돌아보곤 합니다. '얼마만큼 왔지?', '제대로 가고 있는 걸까?', '되돌아가면 안 될까?' 하면서 말입니다. 하지만 그러면 그럴수록 미래로 향하는 발걸음은 늦어질 수밖에 없습니다.

요리를 할 때도 마찬가지입니다. 맛있는 재료를 오븐에 넣어놓고 제대로 익고 있는지 궁금하다는 이유로 자꾸 열어보면 시간도 오래 걸리게 되고 맛도 떨어지게 됩니다. 믿고 기다린 다음 제때 열어보면 적당히 잘 익은 맛있는 음식이 완성되어 있을 것입니다.

목표가 살아 움직인다

**결과를 상상하라. 이성이 개입하려 할 것이다.
그러나 끝까지 단순하고 순수한, 기적을 일으킬 수 있는 믿음을 지켜라.**

♣

조셉 머피

멋진 자동차를 목표로 정한 당신, 그 자동차만을 상상하고 있나요? 자동차를 타고 근사한 해안도로를 드라이브하고 있는 당신의 모습을 상상해보는 것은 어떨까요?

다이어트를 목표로 정한 당신, 날씬한 사람들의 몸매만을 상상하고 있나요? 선망과 유혹의 눈길을 한눈에 받는 당신의 모습을 상상해보는 것은 어떨까요?

목표 자체가 아닌 그 목표를 이루었을 때의 자신의 모습을 상상하는 것이 좋습니다. 당신이 접목되었을 때 목표는 살아 움직이며 당신에게 더욱 동기를 부여해줄 테니까요.

성공으로 가는 계단

성공으로 가는 엘리베이터는 작동하지 않는다.
그러나 계단은 항상 열려 있다.

♣

지그 지글러

세상이 아무리 빨라지고 변해도 변하지 않는 것이 있습니다. 꿈을 이루기 위해서는 단계를 차근차근 밟아야 한다는 사실입니다.

성공으로 가는 엘리베이터는 당신에게 작동하지 않습니다. 작동하지도 않는 엘리베이터 앞에서 하염없이 기다리는 것보다는 항상 열려 있는 계단으로 발걸음을 옮기는 것이 더 현명한 선택입니다. 영원히 끝나지 않을 것 같은 계단을 스스로의 힘으로 하나씩 오를 때 어느 순간 옥상으로 통하는 문과 맞닥뜨릴 수 있습니다.

초인적인 힘을 위한 채찍질

기한 없는 목표는 탁상공론이다.
기한이 없으면 일을 진행시켜 주는 에너지도 발생하지 않는다.

♣

브라이언 트레이시

원대한 꿈을 꾸고 계획을 세우고 그것을 실천하는 당신, 이제 조금씩 게을러지기 시작했을지도 모릅니다. 그렇다면 채찍질을 당해야 합니다.

구체적인 기한 설정은 늘어진 당신을 압박할 수 있습니다. 사람은 제한된 시간이 가까워지면 더욱 능력을 나타낼 수도 있으며, 그것이 무엇이든 효율적으로 해결하는 경향이 있기 때문입니다. 기한을 지키지 못했을 때의 비참한 당신의 모습을 상상해보세요. 아니면 기한을 지켰을 때와 그렇지 못했을 때 줄 상과 벌을 정해놓는 것도 좋은 방법입니다. 인간은 위기가 닥쳐올 때 초인적인 힘을 발휘하게 마련입니다.

제 발로 굴러들어 온 복

누군가 당신에게 어떤 일을 해낼 수 있느냐고 물어 올 때마다
확실하게 해낼 수 있다고 말하라.
그 다음 어떻게 그 일을 해낼 수 있을지 부지런히 고민하라.
♣
시어도어 루스벨트

기회는 준비된 사람에게만 찾아온다는 말이 있습니다. 그렇게 찾아온 기회를 놓치는 것은 굉장히 어리석은 일입니다.

기회 앞에서 망설여서는 안 됩니다. '내가 할 수 있을까?' 하는 고민은 필요 없습니다. 당신에게 기회가 찾아왔다는 것 자체에 당신은 이미 충분히 준비되어 있고 그것을 능히 해낼 수 있다는 의미가 담겨 있기 때문입니다. 하지만 그런 만큼 다른 준비된 자를 찾으면 쉽게 떠나가 버리기도 합니다. 기회가 망설이는 당신에게 지쳐 또 다른 준비된 자를 찾아 나서기 전에 그것을 꼭 붙들어야 합니다.

하루가 보내오는 선물

내가 헛되이 보낸 오늘 하루는 어제 죽어간 이들이 그토록 바라던 하루다.
단 하루면 인간적인 모든 것을 멸망시킬 수 있고 다시 소생시킬 수도 있다.

♣

소포클레스

헛되이 보낸 일주일, 한 달을 아까워하는 사람은 많아도 하루를 헛되이 보냈다고 해서 크게 낙심하는 사람은 그리 많지 않습니다. 이렇듯 대부분의 사람들이 하루를 대수롭지 않게 여깁니다.

하지만 하루 동안 수많은 생명이 태어나고 죽기를 반복합니다. 하루 만에 세상은 어제와 또 다른 모습으로 변합니다. 당신 역시 하루 동안 엄청난 일을 이루어낼지도 모릅니다.

어마어마한 잠재력을 담고 있는 하루하루를 소중하게 다루고 뜻깊게 보내면 하루는 당신에게 뜻밖의 선물을 보내올 것입니다.

기회에는 두 발이 달려 있다

원하는 사람을 만난다면 머뭇거리지 마세요.
기회는 여러 번 오지 않습니다. 자존심 따위는 생각하지도 마세요.

♣

다이앤 소여

당신을 찾아오는 기회 중에서도 좋은 사람은 단연 으뜸입니다.

내게 도움이 되는 사람, 내가 도움이 될 수 있는 사람, 마음이 맞는 사람, 함께하면 즐거운 사람 등 좋은 사람은 천금과도 같은 기회라 할 수 있습니다. 사람 역시 다른 기회와 마찬가지로 망설이지 말고 붙잡아야 합니다. 더구나 사람은 다른 기회보다 더 쉽게, 더 빨리 떠나갈 수 있기 때문에 좀 더 신경 쓸 필요가 있습니다.

당신의 벌레는 당신이 잡는다

승리는 가끔 있는 일이 아니다. 늘 있는 일이다.
승리가 어쩌다 한 번씩만 당신을 찾는 것은
당신이 어쩌다 한 번씩만 일을 제대로 하기 때문이다.

♣

빈스 롬바르디

'일찍 일어나는 새가 벌레를 잡는다'는 속담이 있습니다. 벌레를 잡기 위해서는 그만큼 열심이어야 하고 부지런해야 한다는 뜻입니다.

사람이 일을 하는 것도 이와 다를 바가 없습니다. 제대로 일하지 않으면서 성과를 바라는 것은 다른 새가 잡아놓은 벌레를 도둑질하는 것과 마찬가지입니다. 누구보다도 기쁘게, 떳떳하게, 축하를 받으며 성과를 얻기 위해서는 주어진 일에 최선을 다해야 합니다.

개미집 문을 두드리는 베짱이

성실은 만물의 처음이요, 끝이다.
성실은 만물의 근원이고 성실이 없으면 만물은 존재하지 않는다.

자사

더운 한여름날 개미는 뻘뻘 땀을 흘리며 일을 했고 베짱이는 나무그늘에 누워 노래하면서 놀았습니다. 베짱이는 온몸을 바쳐 성실하게 일하는 개미에게 바보라고 놀리곤 했습니다. 그런데 추운 겨울이 되자 상황은 달라졌습니다. 여름에는 시도 때도 없이 보이던 먹이가 코빼기도 보이지 않았으며, 추위 때문에 나무그늘에 누워 노래할 수도 없게 되었던 것입니다.

당신은 지금 개미인가요, 베짱이인가요? 일할 수 있을 때 최선을 다해 일하지 않으면 베짱이처럼 비참하게 개미집의 문을 두드리게 될지도 모릅니다.

부러짐보다 구부러짐

카멜레온이나 청개구리 등은 빛의 강약과 온도, 감정
의 변화 등에 따라 몸의 색깔을 바꾸곤 합니다. 상대
적으로 힘이 약하기 때문에 보호색을 통해 자신을 지
키는 것이지요. 만약 이들이 위험한 환경에 적응하지
못하고 몸의 색깔을 바꾸지 못한다면 진작 멸종되어
버렸을지도 모릅니다.

사람도 상황에 따라 몸의 색깔을 바꿀 필요가 있습니
다. 즉, 새로운 환경에 재빨리 적응할 수 있는 적응력
을 길러야 한다는 것입니다. 더구나 그 새로운 환경
에 갖가지 위기가 도사리고 있다면 몸의 색깔을 바꿔
안전해진 후에 대처해도 늦지 않습니다.

실은 당신 떡이 제일 크다

큰일에 착수한 경우에는
기회를 만들어내기보다도 눈앞의 기회를 이용하려고 힘써야 한다.

♣

프랑수아 드 라 로슈푸코

길을 잃은 한 선비가 묵을 곳을 찾아 헤매고 있었습니다. 한참을 돌아다닌 끝에 집 한 채를 발견했습니다. 으리으리한 기와집이 아닌 초가집이었지만 그런대로 하룻밤 묵을 정도는 되어 보였습니다. 하지만 선비는 더 좋은 집을 원했습니다. 잠시 후 집 한 채를 또 발견했습니다. 처음보다도 더 허름해 보이는 집이었습니다. 선비는 다시 걸음을 옮겼습니다. 그리고 다섯 번째 집을 발견하고 되돌아가기엔 이미 늦었다는 것을 깨달은 후에야 후회했습니다. 욕심을 부리다가 제일 좋은 기회를 놓쳐버리고 만 것입니다.

눈앞에 있는 기회가 작아 보일지라도 그냥 지나쳐서는 안 됩니다. 그 기회가 사실 당신에게 제일 값진 것이 될 수도 있고, 커다란 기회로 이어지는 초석일 수도 있습니다.

기회가 옆을 지나치고 있다

대부분의 사람들은 기회를 마치 어린아이가 해변에서 하는 놀이처럼 다룬다.
어린이들은 그들의 작은 손에 모래를 가득 채웠다가 다시 조금씩 쏟아버린다.
한 알의 모래도 남지 않을 때까지!

♣

데시데리우스 에라스무스

길을 걷다가 반가운 사람을 몰라보고 그냥 지나쳐 버린 적이 있을 것입니다. 뒤늦게 알아차리고 뒤돌아보지만 이미 그 친구는 멀어져 있습니다. 다시 큰 소리로 부르기도 뭐할 뿐더러 잘 듣지도 못 할 것이라는 생각에 단념해버립니다.

당신을 향해 달려오는 기회도 이런 식으로 지나쳐지는 경우가 많습니다. 정신 똑바로 차리고 달려오는 기회를 기쁜 마음으로 맞아주어야 합니다.

다이아몬드와 흑연의 갈림길

대부분의 사람들은 단일지능이 있다고 생각하지만
다중지능이론에 따르면 여덟 개 이상의 지능이 있다고 한다.
어떤 일을 수행하든 그러한 지능을 이용할 수 있다.

♣

하워드 가드너

탄소는 수많은 가능성을 가지고 있어 숯, 석탄, 금강석 등 다양한 물질로 산출됩니다. 사치품의 대명사인 다이아몬드와 연필심의 재료가 되는 흑연이 같은 원료라는 것은 정말 놀라운 사실이지요.

사람도 탄소와 마찬가지입니다. 요리를 잘하는 사람은 요리사가 되고, 그림을 잘 그리는 사람은 화가가 되는 등 자신의 다양한 재능을 어떻게 개발시키느냐에 따라 갈 길은 달라집니다.

한 분야에서 뛰어나지 못하다고 좌절할 필요는 없습니다. 당신이 다이아몬드가 될지 흑연이 될지는 아직 모르는 일이기 때문입니다. 또한 다이아몬드든 흑연이든 어느 것이 더 뛰어나다고 말할 수 없으며, 각각 제 역할이 있다는 것도 잊지 말아야 합니다.

수요가 있어야 생산이 이루어지는 법

모든 것을 관찰하세요.
소통을 잘하세요.
그림을 그리고 그리고 또 그리세요.

♣

프랭크 토머스

급변하는 사회 속에서 가장 중요한 무기가 된 것은 번뜩이는 아이디어, 창의력입니다. 그런데 아무리 참신한 아이디어라 해도 사람들이 필요로 하지 않으면 아무런 소용이 없습니다.

무엇이든지 수요가 있어야 생산이 이루어지는 법입니다. 수요를 파악하는 일은 그리 어려운 것이 아닙니다. 당장 당신의 가족이나 동료 등 가까운 사람들이 무엇을 필요로 하는지, 불편해 하는 것은 없는지 사소한 관찰을 하는 것에서부터 시작됩니다.

한 우물만 파면 힘만 든다

어느 누구든 그의 지식은 자기 경험의 한계를 넘을 수 없다.

존 로크

시시각각 변화하고 복잡해진 현대사회에서 예상치 못한 문제가 발생했을 때 필요한 것은 창의력과 순발력입니다.

다양한 경험을 하고 다양한 것을 습득해야 다양한 생각을 할 수 있습니다. 사고의 폭을 넓혀 21세기에 필요한 인재로 거듭나야 합니다.

다양한 경험은 또한 사회에만 도움 되는 것이 아닙니다. 당신 자신에게도 다양한 가능성의 길을 열어주기 때문입니다.

이제 한 우물만 파다가는 목도 축이지 못하고 지쳐 쓰러질지도 모릅니다.

목욕탕에서 외친 유레카

한 번이라도 샤워를 해본 사람이라면
그때 불현듯 떠오르는 아이디어를 기억할 것이다.
뭔가를 이뤄낸 사람은 욕실에서 나와 몸을 닦은 다음,
그 아이디어를 실천에 옮긴 사람이다.

♣

놀란 부쉬넬

영감과 관련된 유명한 일화가 있습니다.

시칠리아의 히에론 왕은 자신이 받은 왕관이 진짜 순금인지 아르키메데스에게 알아오라고 합니다. 고민을 하던 아르키메데스는 목욕탕에서 넘치는 물을 보고는 "유레카" 하고 외치지요. 지금도 많은 사람들이 무언가를 발견하거나 깨달을 때 유레카라고 합니다.

아르키메데스의 일화처럼 아이디어는 책상에 앉아 골머리를 썩일 때 오히려 잘 떠오르지 않습니다. 차를 마실 때, 길을 걷다가, 아니면 아르키메데스처럼 샤워를 하거나 목욕을 할 때 기똥찬 아이디어는 불쑥불쑥 튀어나옵니다.

순간순간 당신을 찾아오는 영감을 놓치지 마세요. 그것이 당신의 인생을 흔들어놓을지도 모르니까요.

빈 공간에 숨어 있는 방향키

자극과 반응 사이에는 빈 공간이 있다.
그 공간에 우리의 반응을 선택하는 자유와 힘이 있다.
그 반응에 우리의 성장과 행복이 달려 있다.

♣

빅토르 프랭클

사람은 기계가 아니라는 말에는 누구나 동감할 것입니다. 그렇다면 어째서 기계와 사람은 다른 걸까요? 기계는 어떠한 자극에 반드시 동일하게 반응하도록 만들어져 있습니다. 하지만 사람은 그렇지 않습니다. 자극과 반응 사이에 빈 공간이 있어 어떤 반응을 할지 스스로 선택할 수 있는 여유가 있는 것입니다. 그리고 어떻게 반응하느냐에 따라 당신의 행복은 결정됩니다.

당신에게 해를 끼칠 수 있는 자극을 받아도 그것을 이득으로 만들 수 있는 선택을 해야 합니다.

인어공주가 자른 머리카락

시작과 창조의 모든 행동에 한 가지 기본적인 진리가 있다.
우리가 진정으로 하겠다는 결단을 내린 순간
그때부터 하늘도 움직이기 시작한다는 것이다.

♣

요한 볼프강 폰 괴테

한자로 결단決斷은 '결정한다'는 뜻의 결決과 '끊다'는 뜻의 단斷으로 이루어져 있습니다. 또한 영어로는 decision이라 하는데, 이는 라틴어로 '~로 부터'의 뜻인 de와 '자르다'의 뜻인 'caedere'에 어원이 있습니다.

즉, 한자로든 영어로든 결단이라는 단어에는 '자르다'라는 뜻이 포함되어 있다는 뜻이지요. 어떻게 보면 '결정하다'의 의미보다 '자르다'의 의미에 비중이 더 큰지도 모르겠습니다. 우리가 무엇인가를 이루기로 결단한 다음에는 그것에 방해가 되는 것을 모조리 끊어버려야 하기 때문입니다.

예를 들어 이번 시험에서 10등 안에 들겠다는 결단을 내린 후에는 수업시간에 딴짓하기, 오랫동안 텔레비전 보기 등의 행동을 해서는 안 됩니다. 당신이 가고자 하는 길에 방해가 되는 것들은 여지없이 잘라버리세요.

불순물이 섞인 물질이라면

의심을 품고 결정을 내리면 반드시 좋지 않은 결과를 낳는다.

순자

결단을 내리는 순간 그것을 의심하는 것은 순수한 물
질에 불순물을 섞어버리는 것과 다르지 않습니다.
결단은 아무리 순수해도 지나침이 없습니다. 한없이
깨끗해도 모자릴 판에 불순물이 포함되어서는 절대
안 됩니다. 의심의 찌꺼기를 날려버리세요. 대신 믿
음이라는 순물질을 가득 채워주세요.

모으는 것과 파고드는 것의 차이

**매일 정신이 아득할 정도로 많은 시간을 연습에 쏟고 나면 이상한 능력이 생긴다.
다른 선수들에게는 없는 능력이 생기는 것이다.**

♣

행크 애런

자신의 모든 힘을 목표한 것으로 모으기만 하는 집중보다는 자신의 모든 힘을 목표한 것에 파고들거나 빠지게 하는 몰입에 더 큰 힘이 있습니다. 자기 자신까지 잊어버릴 만큼 목표에 몰입을 하다 보면 초인적인 힘이 발생합니다.

원대한 목표를 이루고 싶다면 단순히 집중하기보다 몰입을 해야 합니다. 당신 안에 숨은 엄청난 잠재력을 깨워보세요.

작은 결과가 쌓여 큰 결과가 된다

언뜻 보기에 보잘것없는 일일지라도 전력을 다해야 할 것이다.
일은 정복할 때마다 실력이 붙는다.
작은 일을 훌륭히 해내면 큰일의 결말도 자연히 난다.
♣
데일 카네기

역사상 위대한 업적은 작은 것에서 발견되기도 했습니다.

일상에서도 마찬가지입니다. 학생의 경우 별로 중요하지 않은 과목이라고 해서 공부를 열심히 하지 않았는데 그 점수 차이 때문에 등수가 많이 떨어진 경험이 있을 것입니다. 직장인의 경우 사소한 실수 때문에 상사의 눈 밖에 나 승진에서 멀어진 경험이 있을 것입니다.

지금 당장은 드러나지 않더라도 작은 결과가 쌓이고 쌓여 큰 결과를 만들어낸다는 것을 기억해야 합니다.

빵을 만들기 위한 밀가루 반죽

흔히 행운의 여신은 눈이 멀었다고 불평하지만, 인간만큼 눈이 멀지는 않았다.
실생활을 자세히 살펴보면 바람과 파도가 유능한 항해사의 편이듯
행운의 여신은 근면한 사람 곁에 서 있다.

♣

새뮤얼 스마일스

빵을 만들기 위한 밀가루 반죽을 오븐에 넣지도 않았으면서 빵이 만들어지지 않는다고 불평하는 사람들이 있습니다. 그게 무슨 바보 같은 짓이냐며 비웃을지도 모르겠지만 당신 역시 인생을 살아오면서 한 번쯤은 그런 적이 있을 것입니다. 빵이 만들어지기 원한다면 밀가루를 반죽하고 발효시키는 준비가 필요합니다. 마찬가지로 무언가가 이루어지는 기회를 원한다면 먼저 그를 위한 준비를 철저히 해야 합니다.

기회만 주신다면 정말 잘할 수 있다고 부르짖는 사람을 행운의 여신은 거들떠보지도 않습니다. 그 대신 기회가 주어지기도 전에 잘하려고 준비를 하는 사람을 향해 손을 내밉니다.

의심하면 배신당한다

항상 낙천적일 것, 즉 운명을 즐겨라. 그것이 우리를 행복으로 인도해줄 신앙이다.
오늘을 훌륭히 살아가는 것이 내일의 희망을 찾아내는 일이며,
내일의 희망이 있어야 우리는 밝게 살아갈 수 있다.

♣

헬렌 켈러

노력은 배신하지 않는다는 말이 있습니다. 이 말이 과연 사실일까요? 어떤 사람은 이 말을 100퍼센트 믿을 것이고, 또 어떤 사람은 조금이라도 의심할 것입니다.

그런데 중요한 사실은 이 말을 의심하는 사람만 배신을 당한다는 것입니다. 그는 최선을 다해 노력해도 모자랄 시간에 의심하는 일에 한눈을 팔았기 때문입니다. 반면 이 말을 믿고 최선을 다해 노력한 사람은 반드시 믿음과 노력에 보상을 받게 되어 있습니다.

세상이 성가시게 굴어도 좋다

**벼슬자리가 없는 것을 근심할 것이 아니라
그 자리에 앉을 만한 능력을 근심하라.**

♣

공자

지금은 능력만 있다면 서로가 스카우트하겠다고 난
리 치는 세상입니다. 당신은 능력 있는 사람이 기회
가 없어 버둥거리는 것을 본 적이 있나요? 아마 거의
없을 것입니다.

앉아서 기회가 오지 않는다고 한탄만 한다면 당장 박
차고 일어나야 합니다. 그리고 능력을 키워 예전에는
손꼽아 기다리던 한 가닥의 기회가 뭉텅이로 다가오
는 것을 기쁘게 맞이해야 합니다. 세상은 능력 있는
사람을 절대 그냥 내버려두지 않습니다.

당신이 가진 모든 무기

최고가 되기 위해 가진 모든 것을 활용하라.
이것이 바로 현재 내가 사는 방식이다.

♣

오프라 윈프리

원대한 꿈을 이루기 위해 당신은 얼마만큼의 노력을 하고 있나요? 시간, 에너지, 능력, 열정, 믿음 등 당신이 가진 모든 무기를 사용하고 있나요?

자신의 모든 것을 쏟아부어도 뒤돌아보면 '조금만 더 열심히 할걸' 하고 후회하게 되는 것이 인지상정입니다. 그런데 일말의 여지라도 남겨놓는다면 얼마나 많은 후회를 하게 될까요? 무엇을 탓할 수도 없습니다. 모든 것을 쏟아붓지 못한 당신의 잘못이니까요.

보통 사람들은 어떠한 일을 할 때 25퍼센트의 에너지밖에 쓰지 않는다고 합니다. 이때 당신이 100퍼센트의 능력과 에너지를 쏟아붓는다면 그들을 가뿐히 뛰어넘을 수 있을 것입니다.

결승선은 앞만 보고 달려야 나온다

장애물은 나를 무너뜨리지 못한다.
모든 장애물은 단호한 결단력을 낳는다.
별에 시선을 고정한 사람은 마음을 바꾸지 않는다.

♣

레오나르도 다 빈치

인생이라는 마라톤의 코스는 정해져 있습니다. 당신이 세운 목표로 향해 가는 길도 일직선으로 쭉 뻗어 있지요. 그런데 이때 결승선을 향해 나아가지 못하고 이리저리 한눈을 팔면 어떻게 될까요? 아마 다른 사람보다 한참 뒤처지게 되거나, 심한 경우에는 아예 결승선을 통과하지 못할 수도 있습니다.

결승선이 어디에 있는지 파악하고 그것을 향해 힘차게 나아가야 합니다. 주변에서 들려오는 잡음은 신경 쓰지 말고, 목표를 이룬 미래의 당신이 속삭이는 소리에만 귀를 기울이세요.

성공을 위한 특별한 시간

우리는 보통 시간의 소중함을 알지 못합니다. 항상 주어지는 것 같고 조금 늦어도 나를 기다려주는 것 같기 때문이지요.

하지만 그것은 큰 착각입니다. 항상 주어지는 것은 맞지만 시간은 결코 뒤처지는 당신을 기다려주지 않습니다. 때로는 야속할 만큼 횡하니 가버리기도 하지요. 그렇다고 놓쳐버린 시간의 뒤만 쳐다보아서는 안 됩니다. 당신에게는 또 새로운 시간이 주어지니까요. 매 순간 새롭게 주어지는 시간을 소중히 사용해야 합니다. 많은 사람들이 성공은 하늘에서 뚝 떨어진 특별한 시간을 사용했을 때 이루어지는 것이라고 생각하지만 실은 그렇지 않습니다. 소중히 사용한 매 순간이 쌓여 성공을 위한 특별한 시간이 만들어지는 것입니다.

젊음을 찬양하는 이유

젊을 때 배움에 소홀히 하는 자는
과거를 상실하게 되고, 미래도 없게 된다.

♣

에우리피데스

아직 젊은 당신, 당신은 젊음을 충분히 즐기고 있나
요? 어떤 젊은이는 불안한 지금 상황이 빨리 안정되
기를 바랍니다. 하지만 조금 다르게 생각해보는 것은
어떨까요?

젊을 때는 모든 것이 불안정하다고 할 수도 있지만 또
그만큼 많은 가능성이 있기도 합니다.

이미 지나간 젊음은 되찾을 수 없습니다. 젊음의 찬
란한 빛이 쇠하기 전에 그 빛으로 세상 여기저기를 비
추어야 합니다. 이미 젊음을 잃어버린 사람들이 왜
그토록 젊음을 찬양하는지 한번 생각해보세요.

사용하지 않으면 녹슬고 뻑뻑해진다

성실이 없는 지식은 위험하고 두려운 것이다.

♣

새뮤얼 존슨

사람은 우리가 사용하는 도구들과 그리 다를 바가 없습니다. 매일 사용하지 않고, 매일 갈고 닦지 않는다면 녹이 슬고 뻑뻑해집니다. 오히려 사용하면 사용할수록 길이 들고 날카로워집니다.

당신을 지속적으로 성장시키고 발전시키세요.

탄탄한 기본기 위에서 기술이 뛰논다

군자는 기본 되는 일에 힘쓰거니와 기본이 서야 도가 생겨난다.

♣
유약

운동경기를 보다 보면 "기본이 중요하다"는 말이 수 없이 나오는 것을 들어본 적이 있을 것입니다. 물론 체력이나 재능도 중요합니다. 하지만 체력이나 재능 이 동일하다고 했을 때 결국 이길 수 있는 선수는 기 본기가 탄탄한 선수입니다.

기본기는 이렇듯 결정적인 순간에 빛을 발합니다. 이는 비단 운동경기에서만 통용되는 것이 아닙니다. 당신이 인생을 살면서도 기본이 중요해지는 순간을 분명 맞이하게 됩니다. 화려한 기술이나 필살기를 개발하는 데 온 힘을 쏟더라도 기본기가 탄탄하지 않 으면 그것을 발휘할 기회조차 쉽게 오지 않습니다. 탄탄한 기본기 위에서 기술은 자유롭게 뛰놀 수 있는 법입니다.

영감이 언제든지 튀어나올 수 있도록

많은 사람들이 오해하고 있는 것이 하나 있습니다. 영감은 하늘에서 뚝 떨어지는 것이 아니라는 사실입니다. 아무리 영감이 머릿속에서 번뜩 떠오르는 생각이라 할지라도 그것은 그냥 생겨나는 것이 아닙니다. 잠재의식 속에 있던 생각이 갑자기 의식 밖으로 튀어나오는 것이 바로 영감입니다.

그렇다면 영감이 언제든지 튀어나올 수 있도록 당신의 잠재의식 속은 수많은 정보로 꽉꽉 차 있어야 합니다. 그리고 잠재의식 속의 정보는 당신이 평소에 접하는 책을 비롯한 다양한 문화에서 얻을 수 있습니다.

당신을 위한 평평한 흙길

그것을 경험한 자를 믿으라.

♣

푸블리우스 베르길리우스

새롭게 길을 내어 등산하는 것은 힘든 일일 수밖에 없습니다. 거친 수풀을 헤치고 바위를 오르는 등 그 과정이 험난하기 때문입니다. 잘못하면 길을 잃을지도 모릅니다.

하지만 누군가 이미 내어놓은 길로 등산하는 것은 수월합니다. 양쪽으로는 풀이 우거지지만 많은 사람들이 밟은 등산길은 평평한 흙길입니다. 그 흙길을 따라 걷다 보면 어느새 정상에 다다르게 됩니다.

당신이 인생을 살아갈 때도 마찬가지입니다. 무언가를 목표로 삼았으면 이미 그것을 성취한 사람의 뒤를 밟는 것도 하나의 방법입니다. 아무런 대책 없이 시작하는 것보다 훨씬 수월할 것입니다.

당신이 겪는 실수는 비효율적이다

어떤 일을 처음 하는 당신은 당연히 실수할 수밖에 없습니다. 그런데 그 실수는 이미 당신보다 앞서 그것을 실행한 사람들이 했던 실수입니다. 그들의 시행착오를 또다시 겪는 것은 얼마나 비효율적인 일일까요? 당신은 그들의 실수를 똑같이 반복하는 대신 그 실수를 발판 삼아 더 높은 곳을 향해 올라가야 합니다.

아무리 많아도 지나치지 않다

사실 우리는 힘을 얻기 위해 독서해야 한다.
독서하는 자는 극도로 활기차야 한다.
책은 손 안의 한 줄기 빛이어야 한다.

♣

에즈라 파운드

많은 위인들이 독서를 통해 성공했다는 이야기는 수없이 들어보았을 것입니다. 그만큼 독서는 개인의 인생에 지대한 영향을 미칩니다. 독서의 중요성은 아무리 강조해도 지나치지 않습니다. 과유불급이라는 사자성어는 독서에 있어서만큼은 통하지 않습니다. 직접적인 교육을 통해 배울 수 없는 것들도 독서라는 간접적인 교육을 통해서는 얼마든지 배울 수 있습니다.

예상치 못한 공격에 당한다

새도 똑바로 날아가면 맞추기 쉽다.
노련한 사람은 예측하거나 원하는 패를 내놓지 않는 법이다.

♣

벨타사르 그라시안이모랄레스

공격수의 공격 패턴이 동일하면 수비수는 수비하기
가 훨씬 수월해집니다. 따라서 공격 패턴이 비슷한
공격수는 좋은 선수라 불리지 못합니다. 좋은 공격수
는 수비수에게 패턴을 읽히지 않도록 끊임없이 연습
하고 창의적인 공격 기술을 만들어냅니다. 공격수의
예상치 못한 공격에 수비수는 꼼짝없이 당할 수밖에
없습니다.
당신 역시 수비수의 방어에 발목이 붙잡히고 싶지 않
다면 끊임없이 창의성을 발휘해야 합니다.

성공학은 있다

성공한 사람들이 행하는 일을 지속적으로 끈덕지게 행한다면
세상의 그 어떤 것도 당신 역시 성공한 인물이 되는 것을 막지 못한다.

♣

브라이언 트레이시

당신은 성공학이라는 학문을 들어본 적이 있나요? 누구나 성공학을 처음 들으면 '성공을 어떻게 학문으로 만들지? 성공하기 위한 체계적인 이론이라도 있나?' 하는 생각을 하게 될 것입니다.

하지만 성공학이라는 학문은 분명히 존재합니다. 이 학문을 만든 사람은 자기계발 분야의 아버지라 불리는 나폴레온 힐입니다. 힐은 성공한 사람들의 태도나 행동을 따르면 그들처럼 성공에 이를 것이라고 가정한 후 연구를 시작했습니다. 그는 연구를 거듭한 끝에 정말로 성공한 사람들을 따른 사람 역시 성공할 수 있었다는 결과를 얻게 되었습니다.

당신도 할 수 있습니다. 그들이 어떻게 성공할 수 있었는지 관찰한 후 답습하세요.

내일은 더 많은 일을 해야 한다

오늘 할 일을 내일로 미루지 마라.

♣

벤저민 프랭클린

별것도 아닌데 왠지 귀찮게 느껴지는 사소한 일들이 있지 않나요? 어떤 사람들은 중요한 일과 함께 그런 일들마저 척척 처리하는 반면, 또 어떤 사람은 귀찮고 자잘한 일은 미룰 수 있을 때까지 미루고는 합니다.

처음에는 분명 작고 귀찮기만 한 문제였는데, 쌓아놓고 보니 엄청난 일이 되어버린 적이 한두 번이 아니었을 거예요. 그때그때 처리하고 뒤돌아보면 뿌듯하고 가뿐할 텐데 말이지요.

오늘 할 일을 내일로 미룬다면 내일은 또 더 많은 일을 해내야 한다는 것을 잊지 마세요.

오랫동안 되풀이한다

그대가 어떠한 습관을 얻고자 한다면
그것을 많이, 그리고 자주 되풀이하는 것이 필요하다.

♣
에픽테토스

습관이란 어떤 행위를 오랫동안 되풀이하는 과정에서 저절로 익혀진 행동방식을 뜻합니다. 중요한 것은 '오랫동안 되풀이한다'는 말이지요.

충분한 시간과 노력을 투자해서 이루어지지 않는 것은 없습니다. 더군다나 저절로 익혀지도록 만들어진 습관은 더더욱 그러합니다. 이 습관은 나의 인생에 큰 영향을 미칩니다. 좋은 습관을 들일 건지 나쁜 습관을 들일 건지는 당신의 선택에 달려 있지만 말이에요.

두 걸음을 위한 한 걸음

나비로 변신하려면 번데기가 되어야 한다.
유충이 나비로 변신하기 전에는 번데기가 되어 죽은 척하는 법이다.
이처럼 인간도 흐름을 바꾸고 싶을 때에는
이전의 자신을 죽이고 죽은 시늉을 하는 것이 좋다.

♣

후지하라 가즈히로

때로는 두 걸음을 내딛기 위해 한 걸음을 뒤로 가야
할 때가 있습니다. 뜀틀 운동 할 때를 생각해보세요.
뜀틀을 잘 넘기 위해서는 도움닫기라는 것이 필요합
니다. 도움닫기를 할 때는 뒤로 물러서서 구름판까지
달립니다. 여기서 뒤로 물러선다는 것에 주목해야 합
니다. 적당히 뒤로 물러서야 좀 더 멀리, 좀 더 높이
뛸 수 있기 때문입니다.

살아가면서 자존심이 상할 만큼 뒤로 물러나야 하거
나 낮아져야 할 때 좌절하는 대신 그것이 앞으로 나아
가기 위한 도움닫기라고 생각해보세요. 마음이 훨씬
편해질 겁니다.

이불 속은 블랙홀이다

그대는 인생을 사랑하는가?
그렇다면 시간을 낭비하지 말라.
시간이야말로 인생을 형성하는 재료이기 때문이다.

♣

벤저민 프랭클린

아침에 울리는 알람 소리를 좋아하는 사람은 몇 명이
나 될까요? 아무리 평소에 자신이 좋아하는 음악으로
알람을 맞춰놓는다고 해도, 그것이 아침에 울리는 순
간 당장이라도 꺼버리고 싶은 소음으로 느껴지게 됩
니다.

따뜻한 이불 속은 블랙홀과도 같습니다. 당신에게 경
고하는 알람 소리가 울리자마자 벌떡 일어나 얼른 그
것에서 빠져나와야 합니다. 그렇지 않고 5분만, 5분
만 하다가는 점점 잡아당기는 블랙홀 때문에 빠져나
오기가 더 힘들어질 수밖에 없습니다.

눈송이가 뭉쳐 눈덩이가 된다

처음에는 사람이 습관을 만들지만 그 후로는 습관이 사람을 만든다.

♣

존 드라이든

작고 사소한 것이라도 그것이 좋은 습관이라면 당신을 강하게 만듭니다. 그런데 나쁜 습관의 경우도 마찬가지입니다. 당장 당신에게 해를 끼치지 않는다고 해서 그것을 방치하다 보면 어느 순간 나쁜 습관이라는 작은 눈송이는 눈덩이처럼 불어나게 됩니다. 굴러오는 눈덩이를 피할 방법이 없을 때 후회해봤자 이미 때는 늦습니다. 눈송이가 뭉쳐지기 전에 한시라도 빨리 녹여버려야 합니다.

헐렁해지는 운동화 끈

**어제 맨 끈은 오늘 허술해지기 쉽고 내일은 풀어지기 쉽다.
나날이 다시 끈을 여며야 하듯
사람도 그가 결실한 일은 나날이 거듭 여며야 변하지 않는다.**

♣
홍자성

마라톤에서 정신없이 달리다 보면 운동화의 끈이 스르륵 풀릴 때가 있습니다. 그런데 그것을 무시한 채 계속 달리면 끈이 밟혀 결국 넘어지게 되고 맙니다. 헐렁해진 끈을 발견한 즉시 그것을 다시 꽉 졸라매야 뒤탈이 없습니다.

마라톤에서 운동화의 끈이 헐렁해졌는지 수시로 확인하는 만큼 인생이라는 마라톤을 뛰는 당신의 마음이 헐렁해지지는 않았는지 수시로 확인해보세요. 그리고 헐렁해졌다 싶으면 그 즉시 꽉 동여매세요.

포장지 속에 숨겨진 선물

사람들이 문제라고 인식하는 것에서 기회를 발견하라.

♣

허워드 스티븐슨

가끔 신이 당신에게 너무나도 가혹한 시련을 준다고 생각할 때가 있지 않나요? 하지만 신은 당신을 절망에 빠트리기 위해 시련을 주는 것이 아닙니다. 단지 시험하는 걸 조금 좋아하실 뿐이랍니다.

사실 신은 인간에게 선물을 주시곤 해요. 그 선물의 포장지가 시련이라는 것이 문제이지만요. 시련이라는 포장지를 뜯고 교훈이라는 선물을 받을 수 있는 사람은 얼마나 될까요? 아마 대부분의 사람들이 포장지에 겁먹고 선물 자체를 팽개쳐버릴 것입니다. 오직 현자만이 기쁜 마음으로 포장지를 뜯겠지요. 당신이 그런 사람이 되기를 바랍니다. 시련에는 당신을 키울 수 있는 교훈이 있다는 것을 잊지 마세요.

하루는 시작에 달려 있다

웃음 없는 하루는 낭비한 하루다.

♣

찰리 채플린

레이스에 있어서도 스타트는 중요합니다. 스타트에서 실수라도 한다면 그때의 나쁜 기분이 자칫 레이스 전체에 영향을 미칠 수도 있기 때문입니다.

당신이 하루를 시작할 때도 마찬가지입니다. 즐거운 마음으로 일어나 대문을 나서면 밤에 잠들 때까지 즐겁기 마련입니다. 하지만 개운치 않게 일어나 인상을 잔뜩 찌푸린 채 대문을 나서면 밤에 잠들 때까지 언짢은 일이 계속해서 일어납니다.

당신의 하루는 시작에 달려 있습니다. 긍정적인 마음가짐과 기대감으로 하루를 시작하세요.

마음의 밭에 심는 씨앗

좋은 생각은 좋은 열매를 맺고 나쁜 생각은 부실한 열매를 맺을 것이다.

♣

제임스 알렌

콩 심은 데 콩 나고 팥 심은 데 팥 나는 법입니다. 마찬가지로 긍정적인 생각을 심으면 긍정적인 결과가 나오고 부정적인 생각을 심으면 부정적인 결과가 나옵니다. 생각은 하나의 씨앗과도 같으며, 결과는 하나의 열매와도 같습니다. 어떤 생각을 심느냐에 따라 어떤 결과가 나올지 달라집니다.

당신 마음의 밭에 긍정적인 생각의 씨앗을 뿌리세요. 반드시 긍정적인 결과의 열매가 맺을 것입니다.

조금 오래 걸릴 뿐이다

no를 거꾸로 하면 on이 된다.
모든 문제에는 반드시 문제를 풀 수 있는 열쇠가 있다.
끊임없이 생각하고 찾아내라.
♣
노먼 빈센트 필

살다 보면 우리는 수많은 문제와 맞닥뜨리게 됩니다. 작고 사소한 문제가 있는가 하면 엄청난 문제가 있기도 하지요. 이때 많은 사람들이 도저히 해결할 수 없는 문제라며 손을 놓아버리고는 합니다.

하지만 문제는 해결되기 위해 만들어진 것입니다. 해결책 없는 문제는 없습니다. 복잡한 미로에도 출구는 있게 마련입니다. 단지 빠져나오는 데 조금 오래 걸릴 뿐입니다. 열쇠 없는 자물쇠는 없습니다. 그 열쇠를 찾는 데 조금 오래 걸릴 뿐입니다.

조금 어려운 문제가 발생했더라도 끈기를 갖고 해결책을 찾으세요.

멈추려는 순간 퇴보한다

성공은 쉽게 만족하지 않고 계속 전진할 때 온다.

빌 게이츠

세상은 빠르게 변하고 있습니다. 오늘은 어제와 다르며, 또 내일도 오늘과는 다를 것입니다. 그러한 세상 속에서 사는 우리 역시 변해야 합니다. 내가 아무리 어제와 같은 자리에 있다 해도 세상이 어제와 다른 자리에 있기 때문입니다.

지키려고만 하는 순간 퇴보가 시작됩니다. 당신이 아무리 앞선 곳에서 그 자리를 지키려 해도 언젠가 뒤처질 수밖에 없습니다. 남들은 끊임없이 더욱 앞으로 전진하기 때문입니다. 유지는 없습니다. 퇴보와 전진만이 있을 뿐입니다.

고난 속에서 찾는 희망

비관주의자는 매번 기회가 찾아와도 고난을 본다.
낙관주의자는 매번 고난이 찾아와도 기회를 본다.

♣

윈스턴 처칠

컵의 반이 담긴 똑같은 양의 물이 있어도 사람들의 반응은 제각각입니다.

어떤 사람은 '물이 반이나 남았다'고 생각합니다. 이들은 아무리 힘든 일이 있어도 그 속에서 희망을 찾아냅니다.

어떤 사람은 '물이 반밖에 남지 않았다'고 생각합니다. 이들은 아무리 좋은 일이 있어도 그 속에서 절망을 찾아냅니다.

당신은 어떤 사람이 되고 싶습니까?

당신은 당신의 편이다

사람은 스스로 믿는 대로 된다.

♣

안톤 체호프

당신이 회사에서 중요한 프로젝트를 맡았습니다. 그런데 이때 과연 몇 명이나 진심으로 당신을 믿고 축하해줄까요? 대개 열 손가락 안에 꼽히기 마련입니다.

지금은 서로 경쟁하느라 불신하는 시대입니다. 그런데 나조차도 나를 믿지 못한다면 누가 나를 믿을 수 있겠습니까?

당신만큼은 당신의 편이 되어주세요. 그것이 살아가는 데 큰 힘이 될 테니까요.

위대한 발견은 어리석은 자가 해낸다

비관주의자들은 별의 비밀을 발견해낸 적도 없고,
지도에 없는 땅을 향해 항해한 적도 없으며,
영혼을 위한 새로운 천국을 열어준 적도 없다.

♣

헬렌 켈러

많은 사람들이 보통 사람보다 좀 더 원대한 꿈을 가진
이들에게 그것은 절대 불가능하다고, 말도 안 된다고
몰아세우고는 합니다. 하지만 세상의 위대한 발견은
대개 어리석은 사람들이 해냈습니다.

모든 논리적인 근거와 이론, 통계 등에 맞서 가능성과
믿음을 가지고 일을 추진할 때 세상은 뒤바뀝니다.
그리고 이제 당신이 그 주인공이 될 차례입니다.

인생의 밭에 씨를 뿌리다

**인간은 오직 사고의 산물일 뿐이다.
생각하는 대로 되는 법이다.**

♣

마하트마 간디

우리의 일상 전체는 원인과 결과를 반복하며 이루어집니다. 원인 없이는 결과가 나타날 수 없는 법입니다.

당신이 콩 씨앗을 심으면 콩이 나고, 팥 씨앗을 심으면 팥이 납니다. 그러고 보면 인생은 농사를 짓는 것과 같다고도 할 수 있습니다. 당신이 생각하고 행동하는 것 하나하나가 씨를 뿌리는 일과 같습니다. 그리고 시간이 오래 흘러 삶의 막바지에서 당신은 추수를 하게 됩니다.

그렇다면 당신은 인생이라는 밭에 어떤 씨앗을 뿌리겠습니까? 실한 씨앗을 뿌려 추수를 할 때 실한 열매를 한 아름 거둘 수 있길 바랍니다.

부드러운 혀가 오래 살아남는다

항상 부드러움은 강함을 이긴다.

노자

남을 제압하기 위해 거칠고 딱딱한 말을 사용하는 사
람들이 있습니다. 하지만 이는 오히려 역효과를 불러
일으킬 수 있습니다. 강압적인 말투에 내용조차 들어
보지 않고 반기를 드는 이들이 많기 때문입니다. 반
면 부드러운 말투에 사람들은 귀를 기울입니다. 그리
고 부드러운 말투에 그럴듯한 내용이 더해진다면 사
람들은 쉽게 설득을 당하게 마련입니다.

딱딱한 이빨보다 부드러운 혀가 오래 살아남습니다.
부드러움은 강함보다 결코 못하지 않습니다. 당신 역
시 부드러움의 힘을 체험해보세요.

임팩트 있는 한 마디

말 적은 이가 제일 좋은 사람이다.

♣

윌리엄 셰익스피어

말이 많을수록 실속이 없다는 말을 들어본 적이 있을 것입니다. 사실은 별거 없는 사람들이 자신을 그럴듯하게 만들기 위해 포장하는 것이지요. 게다가 주절주절하는 만큼 실언 또한 늘어납니다.

꼭 필요한 말만 하세요. 임팩트 있는 한 마디에는 중언부언한 수백 마디를 눌러버리는 힘이 담겨 있습니다.

토크쇼의 진짜 주인공

텔레비전을 보면 유명인들이 나와 자신의 이야기를 하는 것을 쉽게 볼 수 있습니다. 사람들은 이러한 토크쇼에 감동을 받고는 합니다. 그런데 이 토크쇼의 주인공은 게스트가 아닙니다. 게스트가 내면에 있는 이야기를 모두 끄집어낼 수 있도록 도와주는 진행자가 숨은 진짜 주인공입니다. 진행자가 잘 들어주고 맞장구를 쳐주며 적절한 질문을 해줄 때 게스트는 더욱 잘 이야기할 수 있습니다.

경청은 대화의 기본이자 시작입니다. 말만 많이 하는 것이 대화가 아닙니다. 잘 들어주는 것 또한 대화입니다.

붙어 있으면 부딪치게 된다

함께 있되 거리를 두라. 그래서 하늘 바람이 너희 사이에서 춤추게 하라.
서로 사랑하라. 그러나 사랑으로 구속하지는 마라.
그보다 너희 혼과 혼의 두 언덕 사이에 출렁이는 바다를 놓아두라.

♣

칼릴 지브란

나무와 나무가 서로 잘 자라기 위해서는 적당한 간격
이 필요합니다. 너무 붙여놓으면 가지가 서로 엉키게
되고 충분히 뻗어 나갈 수 있는 공간이 부족해지게 됩
니다.

사람 사이의 관계도 이와 마찬가지입니다. 아무리 서
로 좋다고 해도 간격이 유지되어야 함께 충분히 성장
할 수 있습니다. 너무 붙어 있다 보면 부딪치게 마련
입니다. 적당한 간격을 유지한 채 그 사이로 시원하
게 불어오는 바람을 느껴보세요.

말에는 창조의 힘이 담겨 있다

훌륭한 말은 훌륭한 무기다.

♣

로이 풀러

사람들은 말의 힘을 너무나도 우습게 생각합니다. 그래서 남에게나 자신에게나 상처가 되는 말을 쉽게 뱉어버립니다.

세상을 살다 보면 말하는 대로 이루어지는 일이 생각보다 많다는 것을 깨닫게 됩니다. 남에게나 자신을 향해 "넌 안 돼", "난 안 돼"라는 부정적인 말을 내뱉으면 자신감이 떨어지게 되고, 그것이 실제 결과에 영향을 미칩니다. 반대로 "넌 할 수 있을 거야", "나라면 할수 있을 거야"라는 긍정적인 말을 내뱉으면 자신감이 상승하고, 그것이 실제 결과에 영향을 미칩니다.

말로 세상을 움직이다

그날 나는 누군가에게 미소 짓기만 해도 베푸는 사람이 될 수 있다는 것을 배웠다.
그 후 세월이 흐르면서 따뜻한 말 한마디, 지지 의사표시 하나가
누군가에게는 고마운 선물이 될 수 있다는 것을 알았다.

♣
마야 안젤루

말로 세상을 움직이는 사람들이 있습니다. 그들은 뛰어난 연설로 수천 명의 사람들을 웃기고 울립니다. 연설가는 과학자, 예술가 등 다른 명사들만큼이나 인정을 받습니다.

당신도 충분히 해낼 수 있습니다. 그리 거창하지 않아도 됩니다. 주위 사람들에게 따뜻한 말 한마디 건네는 것으로도 충분합니다. 그것이 그들에게는 크나큰 힘이 되어줄지도 모르니까요. 그리고 그런 사소한 힘이 쌓여 당신도 그들처럼 세상을 아름답게 만들 수 있습니다.

옆에서 뛰어주는 동료

누군가는 성공하고 누군가는 실수할 수도 있다.
하지만 이런 차이에 너무 집착하지 말라.
타인과 함께, 타인을 통해서 협력할 때에야 비로소 위대한 것이 탄생한다.

♣

앙투안 드 생텍쥐페리

아프리카 속담에 '빨리 가려면 혼자 가고, 멀리 가려면 함께 가라'는 말이 있습니다. 달리기에서 단거리 경주를 할 때는 여덟 명과 함께할 뿐이지만 마라톤을 할 때는 수백 명의 사람과 함께합니다. 단거리 경주에서는 빠르기가 중요하지만 마라톤에서는 얼마만큼 오랫동안 달릴 수 있느냐가 관건입니다.

80년이라는 인생을 살아내는 일도 마찬가지입니다. 빨리 가는 것은 그리 중요하지 않습니다. 오히려 조금 늦더라도 얼마만큼 더 멀리 가느냐가 중요한 법이지요. 이때 옆에서 함께 뛰어주고 등을 두드려주는 동료가 큰 힘이 되어줄 것입니다.

나와 남에게 전달되는 에너지

에너지는 영원한 기쁨이다.

♣

윌리엄 블레이크

에너지는 인간이 활동하는 근원이 되는 힘입니다.
어떤 사람을 딱 보면 그가 에너지가 넘치는 사람인지
그렇지 않은지 쉽게 파악할 수 있습니다. 에너지가
넘치는 사람은 딱 봐도 건강해 보이고, 무슨 일이든지
적극적으로 해결하려고 합니다. 이러한 에너지는 자
신에게만 도움이 되는 것이 아니라 남들에게까지 전
달됩니다. 그래서 많은 사람들이 에너지가 넘치는 사
람과 교류하기를 원합니다.
당신 또한 스스로 행복해질 수 있는, 다른 사람에게도
행복을 전할 수 있는 에너지 넘치는 사람이 되기를 바
랍니다.

당신의 몸을 움직여라

슬픔의 유일한 치료제는 행동이다.

♣

조지 헨리 루이스

살다 보면 힘들고 슬프고 우울한 날들도 있게 마련입니다. 그렇다고 그 우울함과 하염없이 놀아주어서는 안 됩니다. 그러면 그럴수록 우울함은 당신을 저 밑은 곳으로 점점 데리고 갈 테니까요.

지금 당장 자리를 박차고 일어나세요. 밀린 집안일을 하고 쇼핑을 하고 친구를 만나세요. 집에 돌아오면 완전히 지쳐 바로 쓰러져 잠들 정도로 몸을 움직이세요.

정말 바쁘다 보면 우울해 할 시간도 없습니다. 슬픔이 당신을 찾아와도 만나주지 못할 정도로 바쁘게 생활하세요.

우울함에서 빠져나와 그것을 멀리서 바라보면 사실은 별거 아니었다는 것을 깨닫게 될 것입니다.

부대끼는 것도 사랑이다

**사랑은 고결하고 아름다운 것이 아니라
허리를 숙이고 상처와 눈물을 닦아주는 것입니다.**

♣
마더 테레사

당신은 '사랑'이라고 하면 어떤 생각이 드나요? 어떤 사람은 사랑을 굉장히 고결하고 어려운 것이라고 생각합니다. 하지만 사랑은 거창한 것이 아닙니다.

꼭 누군가를 위해 자신을 희생하는 것만이 사랑이 아닙니다. 지친 어머니의 어깨를 주물러드리는 것도 사랑입니다. 친구와 함께 울고 웃어주는 것도 사랑입니다. 모르는 사람에게 사소한 친절을 베푸는 것도 사랑입니다.

결국 이 세상에서 여러 사람과 더불어 살아가는 것 자체가 사랑입니다. 마음껏 사랑하고 사랑받으며 사세요.

혼자서라면 빙글빙글 돈다

그 어떤 것에서라도 내적인 도움과 위안을 찾을 수 있다면 그것을 잡아라.

♣

마하트마 간디

운동 경기 중 단체 경기에서는 협동심이 필요합니다. 여덟 명이 함께 똑같이 노를 저어 배를 앞으로 나아가게 하는 조정 에이트는 한 사람의 힘만 넘친다고 해서 되는 것이 아닙니다. 한쪽으로 힘이 쏠리면 배는 앞으로 나아가기는커녕 제자리에서 빙글빙글 돌기만 할 뿐입니다.

협동심은 비단 운동 경기에서만 필요한 것이 아닙니다. 우리가 사는 이 세상 역시 단체 사회입니다. 혼자만 잘났다고 해서 성공하기는 쉽지 않습니다. 원대한 꿈을 함께 나눌 때 그것을 수월하게 이룰 수 있는 것입니다. 제자리에서만 빙글빙글 돌고 싶지 않다면 힘이 되어주는 주위 사람들과 함께하세요.

함께하는 미덕

팀워크는 공통된 비전을 향해서 함께 일하는 능력이며,
각자의 개별적 성취를 조직적 목적으로 향하게 하는 능력이다.
그것은 평범한 사람들이 비범한 결과에 도달하게 하는 연료다.

♣

앤드루 카네기

인생을 살다 보면 혼자서보다 함께 해결해야 할 문제를 더 많이 맞닥뜨리게 됩니다. 이때 혼자서만 잘났다고 협력하지 않으면 무리에서 제외되고 뒤처질 수밖에 없습니다. 함께하는 미덕을 깨달아야 합니다.

빈 깡통의 소리가 요란하다

사람이 깊은 지혜를 갖고 있으면 있을수록
자신의 생각을 나타내는 그의 말은 더욱더 단순하게 되는 것이다.

♣

레프 톨스토이

빈 깡통의 소리가 요란한 법입니다. 마찬가지로 생각이 부실한 사람은 쓸데없는 말만 많습니다. 자신의 철학을 뽐낸답시고 떠들어대는 사람을 멀리해야 하는 것은 바로 이 때문이지요. 밖으로 퍼져 나간 그 얄팍한 생각은 그마저도 돌아오기 힘듭니다.

진정으로 지혜로운 사람은 단 몇 마디로도 자신의 지혜를 내보일 수 있습니다. 당신이 정말로 가까이해야 할 사람은 이처럼 내공이 강한 사람입니다. 그의 철학과 지혜는 내면에서 돌고 돌아 더욱 단단해졌을 것입니다.

지친 마음을 달래주는 비타민

세상을 살아가는 방법에는 두 가지가 있다.
기적이란 없다고 믿고 사는 것과 어디에나 기적이 존재한다고 믿고 사는 것.
나는 후자의 삶을 선택하기로 했다.

♣

알베르트 아인슈타인

기적을 믿는 사람과 믿지 않는 사람의 차이는 무엇에 있을까요? 바로 '희망'입니다. 희망을 갖고 있는 사람은 긍정적인 마음으로 끝까지 최선을 다합니다. 하지만 희망을 갖고 있지 않는 사람은 끝까지 최선을 다하지 않습니다. '최선을 다해봤자 어차피 안 될 텐데' 하는 부정적인 생각만 하기 때문이지요.

기적을 믿어보세요. 믿음은 당신의 지친 마음을 달래주는 비타민 같은 존재가 되어줄 거예요.

겨 묻은 개와 똥 묻은 개

다른 사람의 속마음으로 들어가라.
그리고 다른 사람을 당신의 속마음으로 들어오게 하라.
♣
마르쿠스 아우렐리우스

'겨 묻은 개가 똥 묻은 개 나무란다'는 속담이 있습니다. 남의 잘못을 지적하기 전 자신부터 되돌아보라는 뜻입니다.

사람 간에 생기는 문제는 역지사지만 있다면 일어나지 않을 것이라 해도 과언이 아닙니다. 남의 입장을 생각하지 않기 때문에 피해를 주게 마련입니다.

남에게 함부로 대하는 것이 버릇이라면 그것을 똑같이 당하는 당신의 모습을 상상해보세요. 당신이 싫어하는 것이라면 남들 역시 싫어하게 되어 있습니다.

조그만 것은 큰 것이 되어 돌아온다

남을 행복하게 하고 싶으면 자비를 베풀라.
자신이 행복해지고 싶으면 자비를 베풀라.

♣

달라이 라마

남에게 무언가를 베푸는 것을 무척이나 아까워하는
사람들이 있습니다. 하지만 이들은 조그만 것을 아끼
려다가 큰 것을 얻을 기회를 놓칠지도 모릅니다. 반
면 남에게 무언가를 베푸는 것을 무척이나 좋아하는
사람들도 있습니다. 이들은 조그만 것을 내어주고 큰
것을 돌려받기도 합니다.
당신 역시 주는 사람이 되어야 합니다. 당신이 남에
게 베푼 조그마한 것들은 언젠가 큰 축복이 되어 당신
에게 되돌아올 것입니다.

음식점에 있는 작은 사탕

**친절한 말은 짧고 하기 쉽지만,
그 울림은 참으로 무궁무진하다.**

♣

마더 테레사

음식점에 가보면 계산대에 사탕이 놓여 있는 것을 종종 발견합니다. 이러한 것은 괜히 있는 게 아닙니다. 작은 사탕일지라도 음식을 먹은 손님들의 입속을 달래주려는 주인의 호의인 것이지요.

세상을 살다 보면 이처럼 사소한 호의를 받는 일도, 베풀 일도 많습니다. 당신은 이러한 호의를 기쁘게 생각해야 합니다. 사소한 호의는 팍팍한 세상을 부드럽게 만들어주는 윤활제가 되어주기도 하며, 그것을 많이 베푼 당신에게 뜻밖의 행운을 선물해주기도 하기 때문입니다.

사람의 마음이 제일이다

걸어가기 힘든 곳에서는 한 걸음 물러설 줄 알아야 하고,
걸어가기 쉬운 곳에서는 남에게 조금 양보하는 은덕을 베풀도록 노력해야 한다.

♣

홍자성

다른 사람들을 배려하는 것을 손해라고 생각하는 사람들이 있습니다. 물론 배려를 하기 위해서는 자신이 한 걸음 물러설 수밖에 없지만 그것은 결코 손해가 아닙니다. 그 물러선 한 걸음은 앞으로 두 걸음 나아가기 위한 것이기 때문입니다.

사람의 마음만큼 도움이 되는 것도 없습니다. 당신이 했던 배려가 언제 어디서 당신에게 다시 되돌아올지 모릅니다. 그것은 다른 어떤 것보다도 큰 힘이 되어 줄 것입니다.

쓸데없는 오지랖

둘 다 승리를 바라고 있는 어떤 문제가 있을 때
결코 그들 사이의 심판관이 되지 말라.
한쪽 편을 들으면 친구를 하나 얻게 되나 한 친구를 잃게 된다.

♣

제레미 테일러

당신의 친구들이 싸울 때 당신은 주로 어떻게 행동하는 편입니까? 그들 사이에 껴서 적극적으로 문제를 해결하려고 합니까? 아니면 멀찌감치 물러나 팔짱을 끼고 지켜보는 편입니까?

만약 그 사이에 끼어들어 참견하는 편이었다면 당장 그만두어야 합니다. 물론 당신이 친구들을 아끼는 마음에서 그리 한다는 것을 알고 있습니다. 하지만 제3자가 끼어들면 문제는 더욱 복잡해질 수밖에 없습니다. 그리고 훗날 그 둘이 화해하기라도 하면 당신의 입장은 더욱 곤란해집니다. 쓸데없는 오지랖은 이로울 것이 전혀 없습니다.

분명 처음에는 별일 아니다

사람은 대개 사상의 대립보다는 성격의 충돌로 원수를 만든다.

♣

오노레 드 발자크

당신에게도 한 명쯤 싫어하는 사람이 있을 것입니다. 단순히 싫어하는 정도가 아니라 원수로 여겨지는 사람도 있겠지요. 그런데 잘 생각해보면 그 사람과 원수가 된 계기가 지극히 사소했다는 것을 깨닫게 됩니다. 분명 처음에는 별일이 아니었는데 사소한 감정이 쌓이고 쌓여 철천의 원수지간이 되는 것이지요.

사람의 힘은 다른 어떤 것보다 도움이 됩니다. 한 명이라도 더 내 편으로 만들어도 모자랄 판에 사소한 일로 원수를 만들어서는 안 됩니다. 서로의 감정이 상할 일이 생긴다면 먼저 굽히고 들어가 주세요. 그편이 미래의 당신에게 훨씬 도움이 될 것입니다.

입에 물고 있는 고깃덩이

인간은 바라는 것을 기꺼이 믿는다.
♣
율리우스 카이사르

까마귀가 고깃덩이를 입에 물고 있는 것을 본 여우는 어떻게 하면 그것을 빼앗을 수 있을까 하면서 꾀를 냈습니다. 그리고 온갖 감언이설로 까마귀를 현혹했습니다.

"까마귀님, 당신의 목소리는 너무나 아름다워요. 그 아름다운 목소리를 한 번만이라도 들어보고 싶어요."

여우의 말에 까마귀는 한껏 우쭐해져서 "까악, 까악" 하고 울었습니다. 그 순간 입에 물고 있던 고깃덩이는 밑으로 떨어졌고, 여우는 까마귀를 약 올리며 고깃덩이를 들고 저 멀리 도망쳐 버렸습니다.

당신이 믿음이라는 고깃덩이를 꼭 물고 있다고 해도 불안, 의심 등 온갖 방해물들이 당신을 꾀어낼 것입니다. 결국 관건은 어떤 방해를 받아도 믿음을 끝까지 놓지 않는 것입니다.

마음속을 창조하는 실체

인간은 육체와 마음, 그리고 상상력의 구성체다.
육체에는 약점이 있고 마음은 늘 믿을 만한 것이 못 되지만
상상력은 보다 좋아하는 것들을 이 세상에서 실제로 행하게 해준다.

♣

존 메이스필드

눈에 보이는 것은
눈에 보이지 않는 것에 의해 창조됩니다.
상상은
허구, 허상, 환상 등과는 엄연히 다른 것입니다.
상상은
마음속으로 그려내는 것을 창조하는 실체입니다.
이루고 싶은 꿈을 마음껏 상상하세요.

하나씩 세워지는 도미노 패

도미노를 쌓아본 적이 있나요? 작은 조각을 하나하나 세워 큰 그림을 만들어내는 도미노는 잘못 건드리면 그동안 쌓아왔던 것이 수포로 돌아가기 쉬운 놀이입니다.

한두 번씩 제멋대로 넘어지는 도미노를 보며 당신은 절망감에 빠졌을지도 모릅니다. 또 작고 많은 도미노 패를 언제 다 세우나 하는 걱정에 빠질 수도 있습니다. 하지만 포기하지 않고 도미노 패를 하나씩 하나씩 세울 때마다 당신은 조금씩 준비되어지고 있는 것입니다. 마침내 큰 그림이 완성된 도미노를 바라볼 때의 감동을 상상해보세요.

마음에서 승리한 당신

길은 가까운 곳에 있다. 그런데도 사람들은 헛되이 먼 곳을 찾고 있다.
일이란 해보면 쉬운 것이다. 시작을 하지 않고 미리 어렵게만 생각하고 있기 때문에
할 수 있는 일들을 놓쳐버리는 것이다.

♣
맹자

모든 성공에는 단계가 있습니다. 전교 1등을 하기 위해서는 먼저 반 1등부터 해야 합니다. 세계적인 기업이 되기 위해서는 먼저 자신의 국가에서 큰 기업이 되어야 합니다.

당신이 꿈을 이루는 과정도 마찬가지입니다. 마음에서 승리할 수 있다면, 현실에서 승리한 자신의 모습을 상상할 수 있다면 현실에서도 이룰 수 있습니다. 마음에서조차 이루지 못한 것을 어떻게 현실에서 이룰 수 있겠습니까? 먼저 마음에서 승리하고 현실로 눈을 돌리세요. 마음에서 멋지게 승리한 당신을 현실은 기꺼이 맞아줄 것입니다.

산타클로스는 있다

애벌레 속에는 훗날 나비가 되리라는 것을 말해줄 만한 그 무엇도 들어 있지 않다.
♣
리처드 버크민스터 풀러

이 세상에는 우리의 눈으로 확인할 수 없는 것들이 많이 있습니다. 공기, 미생물 같은 것들이지요. 사람들은 이들이 존재한다는 것을 당연히 믿습니다.

하지만 그러면서도 사람의 가능성, 잠재력은 눈에 보이지 않는다고 믿으려 하지 않습니다. 눈으로 확인할 수 없어도 그것은 분명히 존재하는데 말입니다. 그리고 그것은 자신의 존재를 믿어주는 사람에게 조금씩 은혜를 베풉니다. 천천히 꿈으로 데려다주는 것이지요.

산타클로스가 있다는 것을 믿는 어린아이와 같은 마음으로 순수한 믿음을 지키세요.

당신의 선택은 틀림없다

눈앞에 중대한 문제를 놓고 그에 관한 결정을 내리는 것은
강한 사람의 독특한 우수성이다.
약자는 결정을 내리지 못하고 양자택일을 강요당한다.

♣

디트리히 본회퍼

언제나 당신의 선택은 틀림이 없습니다. 만약 당신이
선택한 것에서 실패를 했다면 그것은 선택 자체가 잘
못됐기 때문이 아닙니다. 선택해놓고도 자꾸만 뒤돌
아보았던 그 의심 때문입니다.
선택했다면 앞만 보고 달리세요. 뒤돌아보았자 걸음
만 느려질 뿐입니다.

튼튼한 골조의 건물

걱정해도 소용없는 걱정으로부터 자기를 해방시켜라!
그것이 마음의 평화를 얻는 가장 가까운 길이다.

♣

데일 카네기

기초 없이 어떤 일을 하는 것은 굉장히 위험한 일입니다. 건축에 있어서도 일단 튼튼한 골조를 만든 다음 건물을 지어야 합니다. 골조가 부실하다면 아무리 외양이 좋은 건물을 지어도 소용이 없습니다.

당신이 어떤 목표를 이루고자 할 때도 마찬가지입니다. 튼튼한 믿음이 없으면 당신의 꿈은 금방 무너지기 쉽습니다. 아무리 멋있는 꿈을 꾸어도 믿음이 없다면 사라져 버릴 수밖에 없다는 뜻입니다.

먼저 당신의 원대한 꿈에 걸맞도록 믿음을 튼튼하게 만드세요.

몸을 맡기면 바다로 나아간다

흐름에 거스르려 해도 그것은 무리한 일이다.
흐름에 맡기면 아무리 약한 사람도 기슭에 닿는다.

♣

미겔 데 세르반테스

당신은 지금 성공의 물살에 몸을 맡긴 상태입니다. 그런데 이때 성공을 의심하고 뒤를 돌아보는 일은 아래로 흐르는 강물을 거꾸로 거슬러 올라가려는 것과 다르지 않습니다. 거꾸로 거슬러 올라가는 일은 쉽지 않을 뿐더러 올라가 봤자 계속 똑같은 일만 반복될 것이 뻔합니다.

아래로 흐르는 강물의 흐름에 몸을 맡기다 보면 당신은 어느 순간 넓은 바다로 나아가게 될 것입니다.

저 멀리 희미한 빛이 보인다

어떻게 행동할까 망설이지 마라.
진리의 빛이 그대를 인도하고 있다.

♣

루키우스 세네카

당신은 지금 동굴 속을 헤매고 있습니다. 그때 갈림
길이 나타났습니다. 어디로 가야 할지 모르는 당신은
고민하게 될 것입니다. 그런데 하나의 길에서 저 멀
리 희미한 빛이 보입니다. 그렇다면 더 이상 고민할
필요가 없습니다. 그 빛을 따라 나아가면 됩니다. 자
신의 선택에 확신만 가지고 나아간다면 결국 당신은
틀림없이 올바른 방향으로 가게 될 것입니다.

닭장 속에 떨어진 매의 알

운명이란 닭장 속에 떨어진 매의 알과 같은 것이다.
스스로 닭처럼 평범하고 무료한 삶을 선택할 수도 있고
매처럼 힘찬 날갯짓을 하면서 일생을 살아갈 수도 있다.

♣

순자

어느 날 닭장 속에 매의 알 두 개 떨어졌습니다. 하나의 알에서 깬 매는 닭장과 그 속에서 사는 닭들을 보며 자신 역시 순응하는 삶을 선택합니다. 하지만 다른 하나의 알에서 깬 매는 자신이 스스로 매임을 깨닫고 닭장을 탈출해 하늘에서 힘찬 날갯짓을 하며 삽니다.

순자의 말처럼 운명은 스스로 만들어가는 것입니다. 닭장 속에 살지 하늘을 날며 살지는 당신 스스로 선택해야 합니다.

이미 90퍼센트는 이루었다

성공한 사람이 될 수 있는데 왜 평범한 이에 머무르려 하는가?

♣

베르톨트 브레히트

꿈을 꾸는 것 자체로 그것의 90퍼센트는 당신의 것이라 할 수 있습니다. 만약 꿈을 꾸지 않으면 그 꿈이 당신의 것이 될 일은 절대 없을 테니까요.

꿈을 꾸고 그것이 자신의 것이라 믿는 당신은 이제 불과 10퍼센트의 노력만 하면 됩니다. 이미 90퍼센트나 이루었는데 이제 와서 의심하고 포기한다면 너무 아깝지 않을까요?

보석이 아름다운 이유

머리에서 발끝까지 당신을 빛나 보이게 하는 것은 바로 자신감이다.
당당하게 미소 짓고, 초조함으로 말을 많이 하지 않고,
어깨를 펴고 활기차게 걷는 것만으로도 충분하다.

♣

데일 카네기

사람의 자신감은 보석의 광택과도 같습니다. 보석이
아름다운 이유는 그 자체로 번쩍번쩍한 빛이 나기 때
문입니다.

당신이 아무리 아름다워도 스스로 자신감을 갖지 못
한다면 사람들은 당신의 진가를 쉽게 알아보지 못합
니다. 다른 사람에 의해서보다 스스로 빛나는 사람이
되세요.

내가 아니더라도 적은 많다

자신감은 위대한 과업의 첫째 요건이다.

새뮤얼 존슨

타인에 대한 불신으로 똘똘 뭉쳐 있는 사람은 남과 쉽게 어울리지 못합니다. 꿈을 이루기 위해서는 다른 사람의 도움도 필요한 법인데, 이들은 그것을 전혀 얻지 못하는 것입니다.

하지만 그보다 더 위험한 것이 있습니다. 바로 자신에 대한 불신입니다. 이 세상에 자신이 아니더라도 적은 많습니다. 하나라도 자기편으로 만들어도 모자랄 판에 자신마저도 자신의 적이 되어버린다면 목표는 먼 이야기가 될 수밖에 없습니다.

먼저 자기 자신을 확실한 자기편으로 만드세요. 세상 사람들 모두가 당신에게 등을 돌려도 당신만큼은 자신을 믿어야 합니다.

오늘과 내일의 나는 다르다

내 안의 소리를 믿자. 나는 나를 믿어. 신념을 굽히지 않고 내게 주어진 일을
어느 누구보다 성실하게, 스스로에게 부끄럽지 않게 해낼 거야.
그것이 진짜 내 모습이야.

♣

이나모리 가즈오

태어날 때부터 정해진 재능에 따라 살아가야만 한다
면 인생은 얼마나 재미없을까요? 오늘은 당신이 뒤처
졌지만 내일은 당신이 앞지를 수도 있기 때문에 인생
은 살아볼 만한 가치가 있는 것입니다.

당신은 충분히 발전할 가능성이 있습니다. 오늘의 재
능은 이만큼이지만 내일의 재능도 이만큼이라고는
아무도 확신하지 못합니다. 내일은 훨씬 더 뛰어난
사람으로 발전할 당신의 모습을 기대해보세요.

날마다 모든 면에서 좋아지고 있다

믿음이 부족하기 때문에 도전하길 두려워하는 바,
나는 스스로를 믿는다.

♣

무하마드 알리

에밀 쿠에는 프랑스의 자기암시 요법 창시자입니다. 그는 자기암시를 단순한 최면으로 생각하는 이들에게 희망을 안겨주었습니다. 그리고 자기암시가 과학적 기술이자 힘이라고 주장합니다.

아직까지도 세계 곳곳의 전문가들과 비전문가들의 의견이 분분하지만, 돈 드는 일도 아니고 손해 보는 것도 없을 테니 속는 셈치고 한번 해보세요.

에밀 쿠에의 자기암시 요법은 간단합니다. 날마다 20번씩 다음과 같은 말을 반복하는 것입니다.

"나는 날마다 모든 면에서 점점 더 좋아지고 있다."

웃으면 복이 온다

**인류에게는 정말로 효과적인 무기가 하나 있다.
바로 웃음이다.**

♣

마크 트웨인

'웃으면 복이 온다'는 말이 있습니다. 어떤 사람은 "웃기만 한다고 복이 올 리가 있느냐"며 이 말을 의심하곤 합니다. 하지만 웃음의 효과는 과학적으로도 증명된 바 있습니다.

우선 웃음은 뇌 속에 모르핀보다 100배나 강한 마약과 같은 엔도르핀을 분비시켜 스트레스를 줄여줍니다. 또한 웃을 때 사람의 근육은 231개나 움직여 운동이 된다고도 합니다.

정말 단순히 웃는 것만으로도 이만큼의 복을 불러오니 안 웃을 이유가 없겠습니다.

운명은 우연 아닌 필연이다

운명에는 우연이 없다.
인간은 어떤 운명을 만나기 전에 스스로 그것을 만들고 있다.
♣
토머스 윌슨

당신의 운명은 우연이 아닙니다. 필연입니다.
당신이 하나하나 선택한 모든 것이 모여 당신의 운명
을 만들어갑니다. 따라서 자신의 운명이 반드시 원하
는 방향으로 나아갈 수 있도록, 필연이 될 수 있도록
해야 합니다. 당신의 운명 설계자는 타인도 아니고
신도 아닙니다. 오직 당신입니다.

당신을 위한 피그말리온 효과

부족한 사람도 완전한 사람인 듯이 대우하는 것은
그가 좀 더 나은 사람이 되도록 돕는 것이다.

♣

요한 볼프강 폰 괴테

피그말리온 효과란 타인의 기대나 관심으로 인하여
능률이 오르거나 결과가 좋아지는 현상을 말합니다.
그리스 신화에서 유래한 것으로, 심리학이나 교육학
에서 그럴듯한 인정을 받고 있지요.

사람은 기대를 받으면 그 기대에 부응하려고 노력하
게 마련입니다. 자신을 믿어준 사람에게 좋은 결과로
보답을 해주고 싶어 하기 때문이지요.

중요한 것은 당신이 먼저 기대를 가진다면 반대로 타
인도 당신에게 그러한 기대를 가지게 되어 궁극적으
로 당신이 발전할 수 있다는 사실입니다.

머릿속을 떠나지 않는 생각

**자신이 무언가를 할 수 있다고 믿는 사람의 믿음은 아마 맞을 것이다.
그리고 할 수 없다고 믿는 사람의 믿음 또한 그럴 것이다.**

♣

오프라 윈프리

어떤 일을 이루려고 할 때 사람들은 보통 두 가지 생각을 합니다.

'이건 나만 할 수 있는 일이야. 나니까 충분히 해낼 수 있어.'

'나 같은 게 할 수 있을 리 없어. 내 능력 밖의 일이야.'

당신은 이 둘 중 어떤 생각을 더 많이 하나요? 그리고 각각의 생각을 했을 때 결과는 어떻게 나왔나요? 아마 생각한 대로 이루어진 적이 많았을 것입니다.

이 생각은 목표를 성취하는 과정에서 머릿속을 떠나지 않습니다. 그리고 그 여파가 결과에까지 미치게 됩니다. 따라서 할 수 있다는 자신감으로 당신의 머릿속을 꽉 채워야 합니다.

긍정적 무장의 힘

나야말로 내가 의지할 곳이다.
착실한 내 힘보다 더 나은 것은 없다.

법구

자아상은 자신의 역할이나 존재에 대해 가지는 생각을 말합니다. 자아상의 힘은 실로 엄청납니다. 사람은 생각하는 대로 행동하게 마련이기 때문입니다.

자신에 대해 부정적인 자아상을 갖고 있는 사람은 실제로 부정적인 사람이 될 수밖에 없습니다. 부정적인 생각과 행동으로 똘똘 뭉친 사람에게 긍정적인 요소가 파고들 수 있을 리 없습니다.

마찬가지로 자신에 대해 긍정적인 자아상을 갖고 있는 사람은 실제로 긍정적인 사람이 될 수밖에 없습니다. 긍정적인 요소는 더욱 강력한 힘을 발휘해 부정적인 요소가 들어오지 못하도록 철저히 막습니다.

긍정적 자아상으로 무장한 후 부정적 자아상으로부터 자신을 지켜내세요.

절망에서 발견한 희망

나는 어릴 때 가난 속에서 자랐기 때문에 온갖 고생을 참으며 살았다.

♣

에이브러햄 링컨

당신의 지금 상태는 어떤가요? 어떤 일을 해도 잘될 만큼 희망적인가요? 아니면 어떤 일을 해도 안 될 만큼 절망적인가요?

그런데 절망적인 상황 속에서도 훌륭한 꿈을 이루어 낸 사람들은 많습니다. 그중 가장 대표적인 인물이 미국의 전 대통령 에이브러햄 링컨입니다.

그는 가난과 사랑하는 사람들을 잃는 등의 슬픔으로 평생 우울증과 신경쇠약증에 시달렸지만, 결국 미국 역사상 가장 위대한 대통령으로 추앙받고 있습니다.

당신도 할 수 있습니다. 절망적인 상황 따위는 이겨 버리세요.

사람의 귀가 두 개인 이유

귀는 가슴으로 통하는 길이다.

볼테르

식물을 키울 때 사랑한다는 등의 좋은 말을 자주 해주면 잘 자라고, 반대로 싫다 등의 나쁜 말을 자주 해주면 금방 죽어버린다는 실험 이야기를 들어본 적이 있나요?

하물며 식물도 이러한데 사람은 어떨까요? 부정적인 암시는 사람의 내면에 더욱 날카롭게 파고듭니다.

사람의 귀가 두 개인 것은 그만큼 잘 들어야 한다는 이유도 있겠지만, 부정적인 말은 한쪽 귀로 듣고 한쪽 귀로 흘려버리기 위해서인 이유도 있습니다. 부정적인 말을 절대 듣지 않도록 적극적으로 차단하세요.

빠져나오는 것만이 용기가 아니다

두려움은 인간본성의 한 부분이다.
용기는 두려움이 없다는 뜻이 아니다.
두렵긴 하지만 한번 해보자는 마음으로 포기하지 않고 도전하는 것이 용기다.

♣

칼리 피오리나

당신의 주위에는 무엇에든 거침없고, 무서울 것 하나 없는 듯한 사람이 한 명쯤은 있습니다. 그는 세상을 모조리 씹어 먹을 듯한 위용을 풍기곤 합니다. 하지만 그 역시 두려운 것 하나쯤은 있을 것입니다. 그것에 지지 않기 위해 일부러 위압감을 만들어내고 있는 것인지도 모릅니다. 그럼에도 그는 충분히 용기 있는 사람입니다.

두려움을 헤치고 빠져나오는 것만이 용기가 아닙니다. 두려움 속에서도 두 눈을 똑바로 뜨고 앞에 있는 형체를 바라보려고 하는 것 또한 용기입니다.

바위에 꽂힌 전설의 검

만일 당신이 성공을 원한다면
당신 자신을 이미 성공한 사람으로 생각하라.
♣
조이스 브러더스

바위에 꽂힌 전설의 검이 있습니다. 그 검은 아무나 뽑을 수 없는 검입니다. 검이 스스로 주인으로 인정해야만 뽑을 수 있습니다.

당신도 그 검을 뽑기 위해 바위 앞으로 향합니다. 이때 당신이 먼저 엄청난 검 앞에 기가 죽어서는 안 됩니다. 아무도 뽑지 못한 그 검을 이미 뽑아 휘두르기라도 한 듯 당당하고 힘차야 합니다. 위력적인 검 앞에서 자신감부터 잃는다면 절대 검을 뽑을 수 없습니다. 검이 제 것인 양 행동하는 당신을 보며 검은 드디어 제 주인을 만난 듯 정말로 당신에게 순순히 뽑혀줄 것입니다.

어떤 일을 이루고자 할 때는 마치 그것을 이미 이루었다고 생각하세요. 당신의 목표는 당신을 향해 제 발로 걸어올 것입니다.

마음을 치료하는 사랑의 병원

**육체의 종양이나 농창을 제거하는 것보다도
마음속에서 나쁜 생각을 없애버리는 것에 마음을 써야 한다.**

♣
에픽테토스

사람은 몸이 아프면 병원에 가거나 약을 먹는 등 치료하게 마련입니다. 그런데 몸은 적극적으로 치료하면서 마음을 치료할 생각은 하지 못합니다. 우울증, 공황장애 등 거창한 것만 마음의 병이 아닙니다. 불안, 의심, 걱정, 분노, 원한 등 부정적인 생각 모두가 마음의 병입니다. 이 마음의 병들은 믿음, 희망, 사랑 등의 약으로 치료하세요.

마음속의 대청소

당신의 집에는 꼭 필요한 물건만 있는 게 아닙니다.
버려야 할 것이 수두룩하지요. 사람들은 보통 날씨
가 좋은 날 대청소를 하며 불필요한 것들을 버리곤 합
니다. 그런데 당신의 집은 대청소할 줄 알면서 당신의
마음을 대청소하는 법은 모릅니다. 사람의 마음은 집
과 마찬가지로 제때제때 청소해주지 않으면 문제를
일으키고 신을 사납게 합니다.

당신의 마음에 쨍쨍 해가 비치는 날 불안, 근심, 걱정
등 불필요한 것들을 모두 청소해주세요.

무의미한 걱정은 인생의 낭비다

백 년도 못 사는 인간이 천 년의 근심으로 산다.

한산

어니 젤린스키는 우리가 갖고 있는 걱정거리의 96퍼센트가 하지 않아도 될 불필요한 것들이라고 말합니다. 절대 일어나지 않을 사건은 40퍼센트, 이미 일어난 사건은 30퍼센트, 사소한 고민은 22퍼센트, 우리가 바꿀 수 없는 사건은 4퍼센트, 그리고 우리가 바꿀 수 있을 만한 사건은 고작 4퍼센트인 것이지요. 그런데 이 마지막 4퍼센트도 결국은 우리 힘으로 바꿀 수 있는 것이니 걱정하지 말라고 합니다.

결국 불필요한 걱정이나 할 시간을 꼭 필요한 다른 곳에 투자해야 하는 것이지요.

웃어서 행복해지는 것이다

우리 세대의 가장 위대한 발견은 인간이 자기 마음자세를 바꿈으로써
삶을 바꿀 수 있다는 사실을 발견한 것이다.
♣
윌리엄 제임스

사업에 연달아 실패해 절망에만 빠져 살았던 한 남자를 보며 주위 사람들은 항상 안타까워했습니다. 그러던 어느 날 주위 사람들은 깜짝 놀랐습니다. 항상 죽을상을 하고 다니던 그가 갑자기 싱글벙글 웃고 다녔기 때문입니다. 사람들은 그에게 무슨 일이 있느냐고 물었습니다. 그는 아무 일도 없다고 말하면서도 웃었습니다. 그의 웃음에 사람들은 당황해 하면서도 덩달아 기분이 좋아지는 것을 느꼈습니다.

그렇습니다. 상황은 바뀌지 않았습니다. 그의 사업이 갑자기 성공할 리는 없었습니다. 그런데도 그는 태도를 바꾸기로 마음먹었습니다. 그러자 사업이 잘된 것도 아닌데 그는 괜히 행복해졌고, 다른 사람까지 기분 좋게 만들 수 있었습니다. 그 긍정적인 에너지는 훗날 자신에게도 주위 사람들에게도 좋은 영향을 미쳤습니다.

양면의 동전을 어떻게 놓을 것인가

어려움도 고통도 힘겨움도
모두 내가 만들어놓은 기준에 의한 착각일 뿐이다.

♣

박찬호

행복과 불행은 동전의 앞뒤 면과 같습니다. 당신이
동전을 어떻게 놓느냐에 따라 행복이냐 불행이냐가
결정된다는 것입니다. 행복과 불행은 상황 그 자체가
아닌 그 상황을 판단하는 당신의 생각에 의해서 결정
됩니다. 동전 자체가 불행한 것이라고 불평하는 대신
그 동전을 뒤집어 스스로 행복을 바라볼 수 있어야 합
니다.

컴퓨터 방은 컴퓨터 방일 뿐이다

인생에 있어 일어난 일을 어떻게 받아들이느냐 하는 것은
그 일 못지않게 우리의 행복, 불행과 중요한 관련이 있다.

♣

빌헬름 폰 훔볼트

컴퓨터밖에 없는 좁은 방에 갇힌 두 사람이 있습니다. 한 명은 평소에도 컴퓨터를 다양하게 사용하는 사람이었고, 다른 한 명은 꼭 필요할 때가 아니면 컴퓨터를 거들떠보지도 않는 사람이었습니다. 이때 두 사람은 각각 어떻게 반응할까요? 아마 전자는 오히려 잘됐다는 반응을 보일 것입니다. 후자는 얼마 버티지 못하고 좌절할 것입니다.

중요한 사실은 컴퓨터밖에 없는 좁은 방이라는 상황 자체는 같다는 것입니다.

상황은 남과 다르지 않습니다. 남의 상황은 좋고 당신의 상황은 나빠서 행복하고 불행한 것이 아닙니다. 중요한 것은 당신이 그 상황을 무엇으로 받아들이느냐 하는 것입니다.

자동차에는 브레이크가 있어야 한다

사람도 역경에 단련된 후에야 비로소 제값을 한다.

♣

벤저민 프랭클린

순조롭게 앞을 향해 나아가고 있던 당신, 갑자기 멈춰
지면 짜증이 날 수밖에 없습니다.

하지만 자동차는 브레이크가 있기 때문에 안전하게
앞으로 나갈 수 있는 것입니다. 만약 자동차에 브레
이크가 없다면 연달아 일어나는 사고에 세상은 쑥대
밭이 되고 말 것입니다.

당신도 자동차와 다를 바 없습니다. 당신의 발걸음에
제동이 걸려야 중간중간 잘못된 계획을 수정할 수도
있고 제대로 가고 있는지 확인할 수도 있습니다.

예상치 못하게 만나게 되는 장애물들을 디딤돌로 삼
으세요.

자신감은 자석이다

밖으로 나갈 때마다 턱을 안으로 당기고 머리를 꼿꼿이 세운 다음
숨을 크게 들이마셔라.

♣

엘버트 허버드

푹 숙인 고개와 구부러진 등을 신뢰하는 이들은 많지
않습니다. 반대로 펴진 가슴과 반짝반짝 빛나는 눈을
신뢰하는 사람은 많습니다.

스스로 자신 없는 사람보다 자신감이 넘치는 사람에
게 우리는 매력을 느낍니다. 그리고 그 자신감은 자
석처럼 작용해 기회, 운 등 좋은 것들을 따라붙게 합
니다.

당신의 몸에 자신감이라는 자석을 달아보세요. 생각
지도 못 한 행운이 철썩 달라붙을지도 모르니까요.

다시 한 번 다짐하면 된다

영혼을 밝히는 말은 보석보다 소중하다.

♣

허즈라트 이나야트 칸

반복적인 말의 힘은 우습게 볼 것이 못 됩니다. 이루고자 하는 목표를 하루에 한 번씩 반복적으로 말하다 보면 그 목표는 언젠가 반드시 이루어집니다. 말을 하면서 다시 한 번 마음속으로 다짐을 하게 되기 때문입니다. 또한 다짐에는 행동으로 이어지는 힘이 숨어 있습니다. 다짐한 것이 오래가지 못한다면 다시 한 번 다짐하면 됩니다. 작심삼일도 반복적으로 하면 열흘이 되고, 한 달이 되고, 1년이 됩니다.

매일 아침 거울을 보며 이루고 싶은 것을 말해보세요.

실패를 점찍던 이들이 경외감을 표한다

인생에서 가장 멋진 일은
사람들이 당신이 해내지 못할 거라 장담한 일을 해내는 것이다.

♣

월터 배젓

누구나 할 수 있는 일을 목표로 삼아 이루었을 때 성취감은 얼마나 될까요? 물론 아예 없다고는 할 수 없지만 미미할 것입니다. 주위 사람들의 반응도 그저 그러할 것이고요.

그런데 당신이 그 누구도 할 수 없을 만한 일을 해냈을 때 성취감은 얼마나 될까요? 아마 세상을 다 가진 듯한 기분이 될 것입니다. 당신의 실패를 점찍던 주위 사람들도 경외감을 표하겠지요.

불가능해 보이는 일에 도전하는 것은 그렇기 때문에 의미가 있습니다. 어려운 일을 해냈을 때의 짜릿한 즐거움을 느껴보세요. 그리고 당신을 향해 혀를 차던 사람들에게 멋지게 한 방 날려주세요.

나와라, 가제트 만능 팔!

걱정이 되어 부지런히 일하는 것은 미덕이지만
지치도록 거기에 매달리면 본성을 거스르고 마음도 즐겁지 못하게 된다.
♣
홍자성

졸린 눈을 억지로 뜨며 가까스로 출근한 당신, 책상
앞에 산더미같이 쌓여 있는 일 때문에 한숨이 절로 나
올 것입니다.

하지만 이러한 당신의 한숨은 산더미를 더욱 불리는
물질밖에 되지 않습니다. 부정적인 마음이 섞인 성실
함은 당신의 능률에 요만큼도 도움이 되지 못합니다.
산더미 같은 일을 한시라도 빨리 물리치고 싶다면 한
숨을 쉬는 대신 기꺼한 마음으로 소매를 걷어붙이세
요. 긍정적인 마음이 당신의 또 다른 두 팔이 되어줄
테니까요.

감사가 불러오는 평화와 축복

나에게 잃은 것을 한탄하는 시간보다는
나에게 주어진 것을 감사하는 시간이 부족할 뿐이다.

♣

헬렌 켈러

당신은 하루에 얼마나 많은 감사를 하고, 또 얼마나
많은 불평을 하나요? 생각해보면 당신이 쏟아내는 불
평의 턱 끝에도 감사는 미치지 못한다는 것을 알 수
있습니다. 모두가 자신이 하는 불평만큼만 감사한다
면 이 세상은 훨씬 아름다워질 거예요.
그때그때 감사하는 습관을 들이지 못했다면 먼저 감
사 노트를 준비하는 것도 좋은 방법입니다. 매일 잠
자리에 들기 전 오늘 하루 동안 감사했던 일을 쭉 적
어보세요. 이렇게 쌓이는 감사의 마음이 평화와 축복
을 불러올 것입니다.

길의 끝에는 결승선이 있다

의심으로 가득 찬 마음은 승리로의 여정에 집중할 수 없다.

♣

아서 골든

마라톤 코스를 달리고 있는 당신은 언젠가 결승선을 통과할 수밖에 없습니다. 힘들면 걸어도 좋습니다. 잠시 쉬어도 좋습니다. 당신이 뛰고 있는 그 길의 끝에는 항상 결승선이 기다리고 있을 테니까요. 남들이 조금 빨리 결승선을 통과한다고 해서 초조해 할 것은 없습니다. 당신은 당신만의 레이스를 뛰면 됩니다. 당신은 결승선을 통과할 수밖에 없는 운명을 타고났습니다. 당신은 성공할 수밖에 없는 운명을 타고났습니다.

그 자체로도 특별한 존재

자기 연민은 우리의 가장 큰 적이다.
그것에 굴복하면 현명한 일을 결코 할 수 없다.

♣

헬렌 켈러

당신은 생각보다 더 대단한 사람입니다. 쓸모 있는
사람입니다. 마음만 먹으면 무엇이든 해낼 수 있습니
다. 당신으로 인해 행복을 느끼는 사람도 있습니다.
자기연민에서 벗어나세요. 자기를 연민할 시간이 있
으면 당신보다 더 불쌍한 타인을 연민하세요. 그리고
그들에게 선행을 베푸세요.
그 자체로도 당신은 특별하고 가치 있는 존재입니다.

신은 당신을 버리지 않았다

**괴로운 일에 부딪혔을 때 우선 감사할 가치가 있는 것을 찾아서
그것에 충분히 감사하라. 그러면 마음에 평온함이 찾아오고
기분이 가라앉으며, 어려운 일도 견디기 쉽다.**

♣

아르투르 쇼펜하우어

하는 일마다 되지 않아 속상했던 적이 있나요? 심할
때는 '세상에 내 편은 하나도 없어. 신께서도 나를 버
린 것 같아' 하는 생각까지 들었을지도 몰라요.

그렇게 억울한 마음이 들 때면 지금까지 받아온 뜻밖
의 행운들을 생각해보세요. 생각했던 것보다 시험점
수가 잘 나와 기뻤던 일, 치명적인 실수를 저질렀는
데 예상보다 덜 혼났던 일 등을 말이에요. 어느 순간
마음이 편안해지면서 다시 시작할 용기가 생겨날 거
예요.

수억의 확률을 뚫었다

네가 정말로 네 인생을 통제하고 싶다면 마음을 훈련시켜.
그거야말로 네가 세상에서 유일하게 통제할 수 있는 거니까.

엘리자베스 길버트

당신은 스스로 운이 없는 사람이라고 생각해본 적이 있나요? 아마 대부분의 사람들이 한 번쯤은 그러한 생각을 해본 적이 있을 것입니다.

하지만 조금만 생각해보면 당신이 얼마나 최고 행운아인지 알 수 있습니다. 당신은 태어나기 전 수억 개의 경쟁자들과 달리기를 했습니다. 그리고 그중에서 1등으로 통과해 마침내 태어날 수 있었습니다. 당신은 수억의 확률을 뚫은 엄청난 행운아인 것입니다.

문득 불운하다는 생각이 들 때마다 이런 생각을 통해 스스로의 마음을 통제시켜 자신을 최고의 행운아로 만들어보세요.

가식적인 외침과 내면의 외침

사람의 가치를 직접 드러내는 것은
재산도 지위도 아니고 그의 인격이다.
♣
드니 아미엘

이 세상에는 성품이 좋은 사람도, 그렇지 않은 사람도 있습니다. 성품이 좋은 사람은 다른 사람에게 호감을 주는 반면 성품이 좋지 못한 사람은 다른 사람에게 호감을 주지 못합니다.

그런데 성품이 좋지 못한 사람은 필요할 때마다 자신의 인격을 꾸며내면서 호감을 사려고 합니다.

하지만 우리가 겉으로, 가식으로 외치는 소리보다 우리의 내면에서 외치는 소리가 남들에게는 더 크게 들립니다. 당신이 아무리 겉으로 소리쳐도 다른 사람은 듣지 못할 것입니다.

일시적인 가식으로 모든 것을 해결하려 하지 마세요. 문제는 근본적인 변화로만 풀 수 있습니다.

마음을 지키는 것이 먼저다

이 세상의 유일한 악마는 우리 마음에서 날뛰고 있기에,
모든 전투는 마음속에서 이뤄져야 한다.

♣
마하트마 간디

모든 외부적인 상황은 아이러니하게도 마음에 그 원인이 있습니다.

어떠한 상황이 부정적으로 돌아간다면 그 상황 자체를 바꾸기 전에 당신의 마음부터 긍정적으로 바꿔보세요. 뜻밖에도 일이 술술 풀릴지 모릅니다.

당신이 가장 먼저 소중히 지켜야 할 것은 마음입니다. 부정적인 것이 절대 들어오지 못하도록 단단히 지켜주세요.

나보다 못한 사람도 해냈다

네가 이루기 어려운 일이라고 해서 불가능한 것이라고 여기지 마라.
오히려 그들이 할 수 있는 일이라면 너도 할 수 있다고 생각하라.

♣

마르쿠스 아우렐리우스

당신이 꿈꾸는 일을 이미 이루어낸 사람들을 보세요.
그들 중에는 물론 당신보다 뛰어난 사람도 있겠지만
당신보다 못한 사람도 많습니다.
당신보다 못한 사람도 해냈는데 당신이 이루지 못할
리 없습니다. 당신이 세운 한계가 터무니없는 것은
아닌지, 괜한 엄살은 아닌지 냉철하게 판단해보세요.

세상 날씨와 마음 날씨

햇빛은 달콤하고, 비는 상쾌하고,
바람은 시원하며, 눈은 기분을 들뜨게 만든다.
세상에 나쁜 날씨란 없다.

♣

존 러스킨

기분이 좋을 때는 마음속에 햇빛이 쨍쨍하다고, 울적한 날에는 마음속에 비가 내린다고 표현을 할 때가 있습니다.

하지만 당신의 마음속에 햇빛이 쨍쨍해도 밖에는 비가 내릴 수도 있고, 마음속에 비가 내리고 있어도 바깥 날씨는 쨍쨍할 수도 있습니다. 당신의 기분이 좋을 때는 밖에 비가 내리는 것도 마음에 들고, 당신의 기분이 울적할 때는 바깥에 햇빛이 아무리 쨍쨍해도 보기 싫습니다.

세상에 일어나는 일도 날씨처럼 당신의 마음에 따라 좋아지거나 싫어질 따름입니다. 오늘 당신의 마음 날씨는 어떤가요?

부메랑처럼 되돌아온다

인생은 진정 부메랑과 같다.
당신이 준 만큼 되돌아온다.

♣

데일 카네기

당신이 평소에 하는 행동, 말, 생각 등은 한번 하고 나면 사라져 버리는 먼지가 아닙니다. 아무리 멀리 던져도 다시 되돌아오는 부메랑과 같은 것입니다.

그럼에도 불구하고 많은 사람들이 마치 한번 하고 나면 그만이라는 듯이, 자신에게 전혀 영향을 미치지 않을 거라는 듯이 행동하고 말하고 생각합니다. 사소한 것 하나하나가 다시 되돌아와 자신에게 영향을 미친다는 사실을 깨달아야 합니다.

좋은 부메랑을 던지면 좋은 부메랑이 되돌아오고, 나쁜 부메랑을 던지면 나쁜 부메랑이 되돌아옵니다.

쓰레기와 메모지의 차이

나만이 내 인생을 바꿀 수 있다.
아무도 날 대신해 해줄 수 없다.

♣

캐럴 버넷

당신이 무엇을 어떻게 보느냐에 따라 세상은 달라집니다. 똑같은 종이를 봐도 어떤 사람은 그것을 쓰레기로 보고 어떤 사람은 그것을 유용한 메모지로 보기 때문이지요. 우리는 눈으로 보는 것을 그대로 믿는 것이 아니라 눈으로 보고 생각한 것을 그대로 믿습니다.

마찬가지로 똑같은 이 세상을 천국으로 생각하며 살지 지옥으로 생각하며 살지는 당신에게 달려 있습니다.

사실 고슴도치는 귀엽다

길을 가다가 돌이 나타나면 약자는 그것을 걸림돌이라고 말하고
강자는 그것을 디딤돌이라고 말한다.

♣

토머스 칼라일

고슴도치는 등 전체에 갈색과 흰색의 바늘 같은 가시
가 돋쳐 있는 동물입니다. 적이 다가오면 가시를 더
욱 돋치고 몸을 둥그렇게 말아 자신을 보호하지요.
보통 우리가 보는 고슴도치의 모습은 이러합니다.

그런데 당신은 고슴도치의 얼굴과 배를 본 적이 있나
요? 아마 별로 보지 못했을 것입니다. 사실 고슴도치
는 굉장히 귀엽게 생긴 동물입니다. 하지만 고슴도치
의 등만 보는 사람은 고슴도치의 제 모습을 보지 못합
니다.

고슴도치의 등만 보는 것처럼 모든 일을 고정된 시각
으로만, 같은 방향에서만 바라보아서는 안 됩니다.
넓고 유연한 사고를 하세요. 당신이 그동안 보지 못
했던 곳에 보물이 숨어 있을지도 모릅니다.

너는 마땅히 내 것이 되어야 한다

우리가 세운 목적이 그른 것이라면 언제든지 실패할 것이요,
우리가 세운 목적이 옳은 것이라면 언제든지 성공할 것이다.

♣

안창호

다른 사람과 이야기할 때 겸손한 태도를 지니는 사람은 그리 많지 않습니다. 모두들 자기 잘난 줄만 아는 것이지요.

그런데 자신의 꿈 앞에서는 한없이 작아지고 겸손해지는 사람은 너무나도 많습니다. '내가 과연 할 수 있을까?' 하는 생각에 망설이면서 말이지요.

하지만 이제부터는 반대가 되어야 합니다. 어떤 꿈을 꾸기로 마음을 먹었다면 차라리 거만해지세요. '내가 너를 선택해주었으니 너는 마땅히 내 것이 되어야 한다'는 식도 좋습니다.

꿈 앞에서는 담대해져 당당히 그 꿈을 이루고, 원대한 꿈을 이루었음에도 불구하고 사람들 앞에서는 겸손할 줄 알아야 합니다.

필요 없고 소용없다

군자는 마음이 평안하고 차분하나, 소인은 항상 근심하고 걱정한다.

공자

지금 당신은 무엇을 걱정하고 있나요? 지금 하고 있
는 걱정 때문에 얼마나 힘든가요? 그것 때문에 당신
의 인생이 송두리째 흔들리기라도 할 것 같나요?

그렇다면 당신은 한 달 전에 했던 걱정을 기억하고
있나요? 그 걱정으로부터 어떻게 빠져나왔는지도 기
억하고 있나요? 아마 그렇지 않을 거예요. 이렇듯 대
부분의 걱정은 자신도 모르는 사이에 없어지고는 합
니다.

걱정이 생길 때마다 이렇게 의문을 던지세요. 해결될
문제라면 걱정할 필요가 없고, 해결이 안 될 문제라면
걱정해도 소용없다는 말을 되뇌면서 말이에요.

감사해야 할 일은 너무나도 많다

몸에 한 가닥 실오라기라도 감았거든 항상 베 짜는 여인의 수고를 생각하고
하루 세끼 밥을 먹거든 매양 농부의 노고를 생각하고 감사하라.

♣

고종

감사의 중요성을 알면서도 잘 실천하지 않게 되는 이유는 무엇일까요? 감사한 일이 없다고 생각하기 때문일 거예요. 감사를 굉장히 거창한 것으로 생각할지도 모르지요. 하지만 조금만 잘 생각해보면 사소한 것에서 감사를 해야 할 일은 너무나도 많다는 것을 알 수 있습니다.

당장 오늘 하루를 생각해보세요. 아침에 꿀맛 같은 아침을 차려주시는 어머니, 헐레벌떡 뛰어오는 당신을 기다려 지각하지 않게 해준 버스 기사님 등 감사해야 할 사람이 수두룩하지요.

하지만 무엇보다도 무사히 살아가고 있다는 것만으로도 크게 감사해야 합니다.

성경에 가장 많이 나오는 말

감사하며 받는 자에게 많은 수확이 있다.
♣
윌리엄 블레이크

성경은 종교인뿐만 아니라 믿지 않는 사람들에게도 많은 가르침을 주고 있습니다. 그런데 이 성경에서 가장 많이 나오는 말이 무엇인지 알고 있나요? 바로 '감사하라'는 말입니다.

감사의 중요성은 수백 번 수천 번 강조해도 지나치지 않습니다. 똑같은 환경에 처해 있는데도 감사하며 사는 사람과 불평만 많은 사람의 차이는 엄청납니다. 감사하는 마음을 통해 스스로 행복과 평화를 불러들이세요.

아무런 조건 없는 행복

성공이 행복의 열쇠가 아니라 행복이 성공의 열쇠다.

♣

알베르트 슈바이처

당신은 행복에 조건이 있다고 생각하십니까? 꼭 행복할 만한 것을 해야만, 행복할 만한 것을 얻어야만 행복할 수 있을까요?

행복해 하는 대부분의 사람들은 그렇게 생각하지 않습니다. 그들은 아무런 조건이 없어도 행복해 합니다. 그리고 그렇게 행복해 할 때 또 다른 행복은 저절로 찾아옵니다.

기억하세요. 행복해서 웃는 것이 아니라 웃어서 행복한 것입니다.

나는 이만큼 행복해지겠다

인간은 자신이 행복하려고 스스로 결심하는 만큼만 행복할 수 있다.

♣

에이브러햄 링컨

우리는 모두 행복한 삶을 살기 원합니다. 그런데 행복은 원하는 만큼 얻을 수 있다는 사실은 많이 알고 있지 못합니다.

스스로에게 먼저 물어보세요. 그리고 다짐하세요.

'나는 얼마만큼 행복해지고 싶은가?'

'나는 이제부터 반드시 이만큼 행복해지겠다.'

이성보다 감성이다

이성은 결코 인기가 없다.
열정과 감정은 대중의 것이 될 수 있겠지만,
이성은 항상 소수의 뛰어난 자들의 자산으로 남을 것이다.
♣
요한 볼프강 폰 괴테

어떤 일을 선택할 때 우리는 결단이라는 것을 해야 합니다. 하지만 이는 결코 만만한 일이 아닙니다. 당신이 해낼 수 있는지, 그것이 당신에게 얼마나 도움이 되는지를 하나하나 이싱적으로 따져야 하기 때문이지요. 도저히 답이 나오지 않을 때는 골머리를 앓기도 합니다.

이때 감정적으로 한번 생각해보세요. 당신에게 얼마만큼 이득이 되고 손해가 되는지 따지는 대신 단순히 당신에게 얼마나 큰 기쁨이 될지를 따져보는 거예요. 답은 금방 나오게 될 것입니다.

행복만 겪기에도 시간은 부족하다

떠날 때가 되었으니, 이제 각자의 길을 가자.

♣

소크라테스

누구나 어렸을 때부터 차곡차곡 모아온 추억 상자를
보관하고 있을 것입니다. 그 상자에는 친구들과 주고
받은 편지, 성적표, 선물로 받은 갖가지 물건들이 있
겠지요.

그런데 그중에는 도저히 아름다운 추억이라고 할 수
없는 기억들을 떠올리게 하는 물건도 있습니다. 많
은 사람들이 가끔 이 물건들을 꺼내 보며 상념에 빠
지고는 합니다. 볼 때마다 슬퍼하고 아파하면서 말
이에요.

하지만 자신을 불쌍하고 가련하게 만드는 행동은 결
코 좋지 않습니다. 당신을 웃음 짓게 만드는 물건을
제외하고는 전부 버려야 합니다. 행복한 기억만 떠올
리기에도 시간은 부족합니다.

팍팍한 일상의 촉촉한 희망

아름다운 꿈을 지녀라. 그리하면 때 묻은 오늘의 현실이 순화되고 정화될 수 있다.
먼 꿈을 바라보며 하루하루 그 마음에 끼는 때를 씻어 나가는 것이 곧 생활이다.
아니, 그것이 생활을 헤쳐 나가는 힘이다.
이것이야말로 나의 싸움이며 기쁨이다.

♣

라이너 마리아 릴케

당신, 오늘 하루는 어땠나요? 주저앉아 울고 싶을 만
큼 지치지는 않았나요? 하지만 걱정하지 마세요. 당
신은 밤에 잠든 사이 꿈을 꿀 테니까요. 이 꿈은 당신
이 다시 내일을 살아갈 수 있도록 노와줄 거예요.
팍팍한 일상 속에서 당신의 원대한 꿈은 촉촉한 희망
이 될 거예요. 더없이 아름답고 행복한 꿈을 꾸세요.

당신은 실패할 수밖에 없다

실패는 우리가 어떻게 실패에 대처하느냐에 따라 정의된다.

♣

오프라 윈프리

어떤 일을 시작하고자 할 때 누구나 실패할까 봐 두려워합니다. 그리고 실제로 실패하게 되면 견딜 수 없는 자괴감에 빠지고 맙니다.

그런데 일을 시작하기 전 먼저 실패를 예상해보면 어떨까요?

'나는 분명히 실패할 거야. 처음이니까. 하지만 결국에는 해낼 테니까 아무런 문제없어.'

이렇게 선수 쳐서 실패를 받아들일 결심을 하고 나면 막상 실패했을 때 충격은 그렇게 크지 않게 됩니다. 그리고 실패를 디딤돌 삼아 좀 더 잘해낼 수 있을 것 같은 용기도 얻을 수 있습니다.

먼지 낀 뿌연 창문을 연다면

모든 일은 마음먹기 탓.
굳게 닫힌 마음에서 활짝 열린 마음으로 전환하지 않는 한
새로운 눈은 열리지 않는다.

법정

창밖을 바라볼 때 당신은 창문을 여나요, 열지 않나
요? 창문을 여나 안 여나 똑같지 않느냐고 하는 사람
도 있을 수 있지만 사실 그렇지 않습니다. 나와 바깥
세상을 가로막고 있는 창은 생각보다 훨씬 누껍기 때
문이지요. 먼지가 잔뜩 낀 뿌연 창문을 통해서만 밖
을 바라보았다면 한번 창문을 활짝 열고 맑은 세상을
직접 느껴보는 것이 어떨까요?

그리고 창문을 여는 동시에 당신의 꼭 닫힌 마음의
문도 열어보세요. 마음의 문을 열고 바라본 세상은
창문을 열고 바라보는 세상처럼 훨씬 아름다울 테니
까요.

휴지통으로 드래그하기

좋았던 일만을 떠올리며 인생의 매 순간을 즐겨라.

♣

오노 요코

사람의 뇌 속에는 여러 가지 기억들이 있습니다. 좋은 기억은 물론이고 다시는 떠올리고 싶지 않은 나쁜 기억들까지도요. 나쁜 기억은 이따금씩 불쑥 나타나 당신을 괴롭게 합니다. 영원히 잊어버리고 싶지만 쉽게 되지 않지요. 그런데 다음과 같이 상상하면 그리 어려운 일이 아니게 됩니다.

먼저 컴퓨터 바탕화면을 떠올리세요. 바탕화면에는 여러 가지 아이콘이 있습니다. 내컴퓨터, 휴지통, 인터넷 등등. 그중에서도 예전에 다운받았지만 이제는 쓸모없는 아이콘도 있을 것입니다. 그 아이콘을 버리는 일은 간단합니다. 마우스로 드래그해서 휴지통으로 옮기기만 하면 되니까요. 좀 더 확실히 하고 싶다면 휴지통에 있는 것들을 영구적으로 삭제해버리면 됩니다. 계속 반복하다 보면 나쁜 기억 잊는 데는 도가 트게 될 것입니다.

좋은 감정이라는 방어막

행동이 감정을 따르는 것 같지만 실제로 행동과 감정은 병행한다.

♣

윌리엄 제임스

당신은 우울할 때 어떻게 행동하나요? 온몸이 우울함으로 도배되어 버릴 정도로 그것을 겉으로 잔뜩 표현하나요? 아니면 그럼에도 불구하고 우울함이 전신을 잠식해버리지 않도록 빈대되는 감정으로 방어막을 치나요?

나쁜 감정이 겉으로 표출되기 시작하면 한없이 우울해질 수밖에 없습니다. 좋은 감정으로 방어막을 쳐야 합니다. 방어막은 어느 순간 당신의 몸으로 흡수될 것입니다.

방어하거나 폭발시키거나

성급한 자가 그 화를 풀고 사나운 자가 그 원망을 풀려면
무릇 우는 것보다 빠른 길은 없다.

박지원

그럼에도 불구하고 너무 슬퍼 견딜 수 없다면 그것을 어중간히 표현하는 것보다 확 터뜨려 버리는 게 나을 수도 있습니다. 아무 생각도 없이 어린아이처럼 엉엉 울고 나면 기분이 한결 나아지기도 합니다.

그런데 슬프다고 해서 그것을 즐거움으로 방어하지도 않고 밖으로 폭발시켜 버리지도 않은 채 끌어안고 있기만 한다면 상황과 기분은 좀처럼 나아지지 않습니다.

눈물로 슬픔을 씻어버린 후 카타르시스를 경험하세요. 그리고 다시 환하게 웃으세요.

너그러움은 당신을 위한 것이다

화가 나 있는 1분마다 그대는 60초간의 행복을 잃는다.

♣

랠프 월도 에머슨

당신은 사소한 일에 얼마나 많은 짜증과 화를 내고 있나요? 한번 생각해보세요.

알람 소리를 듣지 못하고 늦잠을 잔 것에서부터 당신의 짜증은 시작됩니다. 그런데 웬걸, 놓칠 뻔한 버스를 간신히 붙잡아 탔더니 버스 안에는 사람들이 콩나물처럼 빽빽이 서 있습니다. 급정거하는 버스 때문에 사람들은 당신의 발을 밟습니다. 실수인 줄 알면서도 속이 부글부글 끓어오릅니다. 우여곡절 끝에 폭발 직전의 상태로 출근한 당신은 하루 종일 일이 잘될 리 없습니다.

하지만 이러한 짜증은 내일 되면 사라질 기억입니다. 짜증으로 당신의 기분을 망칠 필요는 없습니다. 남을 위해 짜증을 내지 말라는 이야기가 아닙니다. '그럴 수도 있지' 하는 너그러운 마음은 타인을 위한 것이 아닌 바로 당신을 위한 것입니다.

이제 올라갈 일만 남았다

'인간은 아직 무엇인가 착한 일을 할 수 있는 한
스스로 인생을 포기해서는 안 된다'라는 글을 읽지 않았더라면
나는 이미 이 세상 사람이 아니었을 것이다.

♣

루트비히 판 베토벤

인생의 밑바닥을 경험하고 있는 당신, 엄청난 절망감
에 빠져 허우적거리고 있나요? 이렇게 생각해보세요.
밑바닥을 찍어야만 악착같이 올라올 마음이 생긴다
고 말입니다. 그리고 더 이상 내려갈 곳은 없다는 것
에, 이제 올라갈 일만 남았다는 것에 위안하세요.
사람은 벼랑 끝에 매달려야만 비로소 자신의 손아귀
힘을 알 수 있습니다. 엄청난 손아귀의 힘을 느끼고
용기를 가져야 합니다.

어제는 잊고 오늘을 시작한다

망각한 자는 복이 있나니, 자신의 실수조차 잊기 때문이라.

♣

프리드리히 니체

사람의 기억력에는 한계가 있습니다. 일주일 동안 당신이 잊어버린 물건, 일 등이 열 손가락 안에 꼽히지 못할 정도로 많을 때도 있겠지요.

그럴 때면 당신은 모든 것을 기억하는 천재가 되었으면 좋겠다고 생각하기도 하겠지만, 신이 사람에게 망각을 괜히 허락하신 것이 아니라는 사실을 알아야 합니다. 망각 때문에 어제의 실수를 잊고 새로운 오늘을 시작할 수 있으니까요.

때로는 자신의 건망증 때문에 일이 틀어지기도 하지만, 그 건망증이 자신을 새롭게 살아갈 수 있도록 도와준다는 사실을 잊지 마세요.

마음속의 천사와 악마

만약 마음속에서 '나는 그림에 재능이 없는걸'이라는 음성이 들려오면
반드시 그림을 그려보아야 한다.
그 소리는 당신이 그림을 그릴 때 잠잠해진다.
♣
빈센트 반 고흐

사람의 마음속에는 천사와 악마가 함께 살고 있습니다.

천사는 당신의 마음을 평화롭게 합니다. 항상 자신감이 넘치게 하고 무슨 일이든 긍정적으로 할 수 있도록 도와줍니다. 반면 악마는 당신의 마음을 불안하게 만듭니다. 당신을 누구보다 소심하게 만들고 무슨 일이든 부정적으로 생각하도록 돕습니다.

천사와 악마는 항상 어떤 일이 있을 때마다 다투곤 합니다. 그런데 중요한 것은 천사가 이길 때보다 악마가 이길 때가 더 많다는 사실입니다. 당신의 내면이 악마 곁에 더 많이 서 있기 때문이겠지요.

당신은 지금 천사 옆에 서 있나요, 악마 옆에 서 있나요?

우직함에 실린 현명함

잘 짖는다고 좋은 개가 아닌 것처럼
말을 잘한다고 현명한 사람은 아니다.

♣

장자

그럴듯한 말은 누구나 꾸며낼 수 있습니다. 그런데도 많은 사람들이 다른 사람의 그럴듯한 말에 넘어가곤 합니다.

기억하세요. 정말로 현명한 사람은 다른 사람을 말로 현혹시키지 않습니다. 일부러 떠들지 않아도 그의 우직한 행동 하나하나에 모든 것이 알아서 드러날 것입니다.

산 중턱의 아름다움

많은 이들이 커다란 행복을 고대하면서 작은 기쁨을 잃어버린다.

펄 벅

등산을 하는 사람들은 보통 정상에 오르는 것을 목표로 합니다. 이때 등산가는 두 부류로 나뉩니다.

어떤 사람은 오로지 정상에 오르는 것만을 생각합니다. 그는 산 중턱의 나무, 쉼터의 아름다움을 보지 못합니다. 등산은 그에게 괴로움이며 정상에 오르기 위한 어쩔 수 없는 과정일 뿐입니다. 그는 정상에 올라서야 비로소 행복을 느낍니다.

반면 어떤 사람은 등산하는 과정 자체를 즐깁니다. 그는 등산하는 내내 산의 이곳저곳을 살피며 아름다움을 느낍니다. 정상에 오르면 그 행복은 배가 됩니다.

당신이 목표로 삼은 것을 이루는 과정도 이와 다르지 않습니다. 당신은 이 중 어떤 사람인가요?

과정의 실패와 결과의 실패

과정의 실패는 결과의 실패가 아닙니다. 실패에 맞서
당신이 어떻게 행동하느냐에 따라 실패는 또 다른 실
패가 되기도 하고 성공이 되기도 합니다.

과정의 실패에서 좌절하고 다시 일어서지 못한다면
결국 결과의 실패로 이어질 수밖에 없습니다. 반면
과정의 실패를 감당할 용기를 가지고 당당히 맞선다
면 당신을 성공의 길로 인도할 것입니다.

전문가도 원래 전문가는 아니었다

훌륭한 사람은 실패를 통해 지혜에 도달하기 때문에 훌륭한 것이다.

♣

윌리엄 사로얀

당신이 발을 들여놓길 꿈꾸고 있는 분야의 전문가를 보며 당신은 존경심과 부러움을 동시에 느낄 것입니다. 그들이 마치 신처럼 느껴지기도 하겠지요.

하지만 분명한 사실은 그들도 신은 아니라는 것입니다. 그들 역시 당신처럼 수많은 실패와 좌절을 거듭하며 그 자리에까지 올라섰습니다.

처음부터 한 분야의 전문가로 시작하는 사람은 없습니다. 수많은 실패와 좌절을 딛고 일어서세요. 언젠가 당신도 전문가라는 소리를 들으며 누군가의 존경심과 부러움을 살 수 있을 것입니다.

구더기가 무서워도 장은 담가야 한다

삶에서 아무런 문제도 가지고 있지 않은 사람은
이미 인생이란 경기에서 제외된 사람이다.

♣

엘버트 허버드

여러 가지 문제는 그것을 이루기 위한 과정의 일부분
입니다. 들끓는 구더기가 무섭다고 장을 못 담그지는
않습니다. 마찬가지로 문제가 생기는 것이 두려워 어
떤 일을 시작조차 하지 않을 수는 없습니다.

모든 문제를 원하는 것을 이루기 위한, 더 나아가 인
생을 살아가기 위한 하나의 과정일 뿐이라고 생각하
세요.

인생은 시험이 아니다

대체로 진실에는 두 가지 면이 있다.
따라서 우리들은 어느 한쪽에 치우치기 전,
먼저 그 양면을 잘 살펴보아야 한다.

♣
이솝

인생을 시험처럼 생각하는 사람이 있습니다. 인생에
도 정해진 답이 있어 틀리면 낙제를 받을 것이라 여
기는 것이지요. 이들은 조금이라도 남들과 다른 길을
걷게 될까 봐 불안해 합니다. 자신이 무엇을 하면 행
복한지와 같은 생각은 전혀 해본 적도 없습니다.

하지만 인생에는 답이 없습니다. 그래서 사람마다 자
신이 옳다고 생각하는 것을 밀고 나가며 다르게 살아
가지요. 그리고 그 누구도 남의 인생에 대해 '틀렸다'
는 말을 함부로 할 수 없습니다.

당신은 당신이 하고 싶은 것을, 옳다고 믿는 것을
밀고 나가면 됩니다. 그게 바로 당신 인생의 정답입
니다.

당신이 맡은 일은 엄청난 것이다

**천재는 노력하는 자를 이기지 못하고
노력하는 자는 즐기는 자를 이기지 못한다.**

♣

공자

당신에게 주어진 일이 너무 사소하거나 하찮게 느껴
지나요? 아니면 반대로 힘들게 느껴지나요?

그렇다면 당신에게는 계속 사소하고 하찮거나 힘든
일만 찾아올 수밖에 없습니다. 아무리 재미있는 일이
찾아와도 당신이 재미없는 일로 받아들일 것이기 때
문이지요.

자신에게 주어진 일을 즐기는 사람은 아무리 그 일이
사소해도, 아무리 힘들어도 최선을 다합니다. 그리고
그것에는 실제로 즐겁고 엄청난 일을 끌어당기는 힘
이 숨어 있습니다.

하나밖에 없는 귀중한 선물

어제는 역사, 내일은 미스터리, 그리고 오늘은 선물이다.
그래서 현재present를 선물present이라고 하는 것이다.

♣

더글러스 대프트

오늘은 어제와 다르고 또 내일과도 다릅니다. 그렇게 때문에 오늘은 단 한 번밖에 있을 수 없습니다. 또 하나밖에 없기 때문에 귀중한 선물과도 같습니다.

당신은 일생 동안 단 하나밖에 없는, 귀중한 선물과도 같은 오늘 하루를 어떻게 보내고 있나요?

현재와 미래의 교차점

우리가 이렇게 말을 하고 있는 동안에도
시간은 우리를 시샘하여 멀리 흘러가 버리니,
내일이면 늦으리니 카르페 디엠.

♣

호라티우스

누구나 이런 생각을 해본 적이 있을 것입니다.
'현재는 이렇게 괴롭지만 미래는 행복할 거야.'
당장 현재도 제대로 즐기지 못하면서 미래만 바라보
고 있는 사람이 너무나도 많은 것이지요. 현재가 즐
겁지 않으면 미래 역시 즐겁지 않을 것이 뻔합니다.
미래를 즐기기 위해 현재를 즐기세요.

희망이라는 특효약

희망은 잠자고 있지 않은 인간의 꿈이다.
인간의 꿈이 있는 한 세상은 도전해볼 만하다.
어떠한 일이 있더라도 꿈을 잃지 말자. 꿈을 꾸자.
꿈은 희망을 버리지 않은 사람에겐 선물로 주어진다.

♣

아리스토텔레스

희망은 '앞일에 대하여 어떤 기대를 가지고 바란다'는 뜻의 단어입니다.

사실 우리의 인생은 어떤 것을 희망하는 일로 가득 차 있습니다. 그리고 그렇기 때문에 즐겁고 의미 있는 것입니다.

수백 번 넘어지고 좌절해도, 무슨 일이 있어도 희망은 잃지 마세요. 희망은 넘어진 당신을 다시 일어설 수 있게 하는 특효약입니다.

시간과 에너지의 한계

때때로 우리는 아무런 가치도 없는 것에
지나치게 많은 대가를 지불하곤 한다.

♣

알베르트 아인슈타인

당신은 지금 인생이라는 마라톤을 하고 있습니다.
마라톤에는 정해진 코스가 있게 마련입니다. 주어진
코스만 달리기에도 당신의 시간과 에너지는 모자랍
니다.

그런데 어느 순간 괜히 이곳저곳을 기웃거리고 싶기
도 합니다. 당신에게 득이 될 것은 하나도 없는데도
말이지요.

쓸데없는 일에 시간과 에너지를 낭비하지 마세요. 어
떤 일을 시작할 때는 항상 냉정하게 판단하는 것이 먼
저입니다.

인간의 가장 큰 동기

나의 고통이 점점 커져갔을 때
이 상황에 대처하는 두 가지 방법이 있다는 것을 곧 알아차렸다.
고통스러운 반응을 보이는 것과 고통을 창조의 힘으로 변화시키는 것,
나는 후자를 선택했다.

♣

마틴 루서 킹

누구나 고통을 겪기 원하지 않습니다. 어떻게 보면 인생은 고통을 피하기 위한 것이라 해도 과언이 아닙니다.

그런데 이 말을 다르게 해석하면 고통은 인간의 가장 큰 동기가 된다는 뜻이기도 합니다. 원하는 것을 이루지 못하면 고통이 되고, 고통을 피하기 위해, 꿈을 이루기 위해 노력할 수밖에 없기 때문입니다.

힘들고 어려운 상황이 닥쳐온다면 그것에 절망해 주저앉지 말고, 그것을 어떻게 하면 이겨낼 수 있을까를 고민하세요.

역경과 시련의 꽁무니

만약 힘든 고비에 부딪히게 되면
고개를 높이 들고 정면을 바라보며 이렇게 말하라.
"역경, 나는 너보다 강하다. 너는 결코 나를 이길 수 없다"고 말이다.
♣
앤 랜더스

당신을 종종 찾아오는 역경과 시련은 아주 고약한 놈입니다. 자신들에게 벌벌 떠는 당신을 더욱 괴롭히고 싶어 하지요. 그들은 당신이 약한 모습을 보이면 보일수록 우월감을 느끼면서 기세가 등등해집니다.
그런데 이때 당신이 조금이라도 다른 모습을 보이면 금세 당황합니다. 사실 그들은 그렇게 강한 놈들이 아니거든요. 약한 모습을 보이는 당신에게 강한 척하는 것뿐이랍니다. 역경과 시련 앞에 당당해지세요. 그들은 강해진 당신의 모습을 보며 허둥지둥 꽁무니를 뺄 테니까요.

감정은 눈을 가린다

욕망을 이성의 지배하에 두어라.

♣

마르쿠스 툴리우스 키케로

어떤 일을 처리하다 보면 감성보다 이성이 중요할 때
도 있습니다. 그럴 때는 정신을 똑바로 차리고 있어
야 합니다. 감정의 물살에 휘말려 저 멀리 떠내려가
버릴지도 모르니까요. 영영 돌아오지 못하기 전에 눈
앞에 보이는 바위라도 붙잡으세요. 이성의 끈을 놓치
지 않도록 단단히 붙잡으라는 말입니다.

요동치는 감정을 재우는 법

화났을 때 입을 열면 최고의 연설을 하겠지만
나중에 후회할 것이다.

♣

앰브로즈 비어스

감정의 위험성은 인간관계에서 두드러지게 나타납니다.

사람과 사람이 서로 부딪치다 보면 감정이 상할 때도 있습니다. 삼성이 격해져 버럭 화를 내기도 하지요. 하지만 문제는 이성이 돌아왔을 때 꼭 후회하게 된다는 것입니다. 다른 사람과의 마찰로 감정이 동요된다면 이성에게 도움을 청하세요. 요동치는 감정을 잠재워 달라고 말입니다.

희대의 악녀 바토리

위대한 미모와 위대한 미덕이 함께 있는 경우는 드물다.

♣

프란체스코 페트라르카

사람은 외모적인 것에 쉽게 반하기도 하고 실망하기도 합니다. 그리고 외모가 아름다우면 그 내면까지도 아름다울 것이라 착각하곤 하지요.

하지만 아무리 아름다운 외모를 가졌어도 아름답지 못한 마음을 가진 역사적 인물은 많습니다.

희대의 악녀 에르제베트 바토리는 뛰어난 외모의 소유자였습니다. 그런데 자신의 외모를 유지하기 위해 처녀 수백 명을 수시로 납치해 차례로 죽인 후 그 피로 목욕하는 등 악질의 행동도 서슴지 않았습니다. 젊은 처녀의 피로 목욕을 하면 젊어질 수 있다고 굳게 믿고 있었던 것이지요. 결국 덜미가 잡힌 바토리는 독방에 감금됐으며 3년 뒤 그 방에서 죽었습니다.

중요한 것은 외모가 아니라는 사실을 알 수 있겠지요.

생각이 같아도, 생각이 달라도

리더에게 가장 필요한 덕목은 다름 아닌 진실성이다.

♣

드와이트 아이젠하워

대부분의 사람들이 자신과 생각이 같은 사람만 믿고 따르지는 않습니다.

자신과 생각이 달라도 그만의 확고한 신념과 원칙이 있고 그것을 지키기 위해 노력하는 사람을 믿고 따릅니다. 반면 자신과 생각이 아무리 같아도 말과 행동이 다르고, 원칙도 신념도 없이 이리저리 흔들리는 사람은 믿고 따르지 않습니다.

중요한 것은 자신만의 생각과 원칙과 신념을 세우고 그것을 지키기 위해 애쓰는 일입니다.

양쪽 문을 열어놓아야 한다

현실을 있는 그대로 받아들이고 객관적으로 처리하는 것이 가장 유익하다.

♣

윌리엄 셰익스피어

어떤 상황을 바라볼 때 당신은 중립에 서서 현실을 직시해야 합니다. 너무 부정적이어서도, 그렇다고 너무 긍정적이어서도 안 됩니다.

모든 가능성을 열어두는 것과 아예 그 문으로 나가서 돌아오지 못하는 것에는 큰 차이가 있습니다. 양쪽 문을 열어둔 채 어떤 날에는 희망을 품고 어떤 날에는 경각심을 품으며 밖을 내다보세요. 상황이 어느 한쪽으로 흐른다면 그제야 뛰어나가 마음껏 즐기면 됩니다. 하지만 아예 한쪽 방향으로 나가 떠돌고 있는데 상황이 예상치 못하게 흘러가 버린다면 다시 돌아와 다른 방향으로 가기에는 많은 노력이 필요합니다.

양쪽에 있는 문을 열고 기다리세요.

따라야 할 평가는 따로 있다

타인의 평가가 중요한 경우도 있고 전혀 그렇지 않은 경우도 있다.

♣

에픽테토스

인생을 살다 보면 누군가가 당신에 대해 왈가왈부하게 마련입니다. 당신이 똑같은 행동을 했음에도 불구하고 어떤 사람은 당신에 대해 좋게 평가할 것이고, 어떤 사람은 당신에 대해 나쁘게 평가할 것입니다.

따라서 당신은 남들의 평가에 일일이 신경 쓰지 않아도 됩니다. 물론 다수의 사람이 한 가지 평가를 내린다면 그것에 대해 진지하게 생각해볼 필요는 있겠지요. 하지만 이 사람의 말 때문에 이리 휘둘렸다가 저 사람의 말 때문에 저리 휘둘려서는 어느 순간 당신은 자신을 잃어버릴지도 모릅니다. 신뢰할 수 있을 만한 평가만 받아들이세요.

화분이나 정원에 물 주는 법

**누구라도 나에게 충고해주고 결점을 적당하게 지적해주는 자가 있으면
그 사람이야말로 나의 스승으로서 존경해야 할 사람인 것이다.**

순자

화분이나 정원에 물을 줄 때는 보통 물이 얼마나 부족
한지를 확인하는 것이 먼저입니다. 어떤 경우에서든
부족한 것을 채울 때는 마찬가지입니다.

그럼에도 불구하고 사람은 자신의 부족함을 쉽게 확
인하려 들지 않습니다. 누군가 자신의 부족함을 확인
시켜 주려고 하기라도 하면 길길이 날뛰기만 합니다.
그렇기 때문에 자연스럽게 그 빈자리를 채울 수도 없
습니다.

기억하세요. 부족한 것은 먼저 확인하고 인정해야 채
울 수도 있는 법입니다.

실수와 잘못은 밟아야 한다

오늘 잘못된 일을 내일 고치지 아니하고,
아침에 후회하던 일을 저녁에 다시 고치지 못한다면
사람 된 보람이 없을 것이다.

♣
이이

사람이라면 누구나 실수를 하고 잘못을 할 수 있습니다.

하지만 그 실수와 잘못이 반복된다면 계속 제자리에서만 맴돌 수밖에 없습니다. 실수와 잘못은 밟고 앞으로 나아가기 위해 존재하는 것입니다.

그렇기 때문에 매일 자기빈성의 시간이 필요합니다. 우리는 타인의 부족함은 귀신같이 찾아내면서 자신의 부족함을 돌아볼 생각은 하지 못합니다.

매일매일 하루를 점검해보고 잘못한 것이 있다면 반성하는 시간을 가지세요. 그리고 다시는 그 잘못을 반복하지 않겠다고 다짐하세요.

남들과 넓게, 혼자서 깊게

사람은 혼자서 모든 것을 습득할 수 있다.

♣
스탕달

우리는 보통 여러 사람과 어울리며 웃고 떠드는 것을 즐깁니다. 그렇게 시끌벅적 놀다 보면 그동안 쌓였던 스트레스가 확 풀리기도 하지요.

하지만 남들과 노는 것만 즐기다 보면 혼자 있을 때의 즐거움은 알 수 없게 됩니다. 자신의 심장박동을 들을 수 있는 순간은 혼자 조용히 있을 때뿐입니다. 심장박동 소리는 자신이 살아 있다는 것을 느끼게 해줍니다. 그리고 규칙적으로 울리는 심장박동 소리는 다른 사람과 놀 때 못지않게 당신의 마음을 편안하게 해줄 것입니다.

가끔씩은 혼자서 고독의 시간을 즐겨보세요. 평화가 찾아올 뿐만 아니라 다른 사람들과 함께 넓힌 사고를 깊게 만들어주기도 할 테니까요.

질문부터 해야 답을 얻는다

중요한 것은 질문을 멈추지 않는 것이다.

♣

알베르트 아인슈타인

답이 존재하기 위해서는 질문이라는 것이 필요합니다. 하지만 대부분의 사람들은 질문도 하지 않은 채 없는 답 찾기에만 급급합니다. 그렇기 때문에 답을 얻지 못하는 것이기도 하시요.

세상 모든 일에 관심을 가지고 의문을 가지세요. 질문하는 사람은 스스로 답을 찾게 되어 있습니다.

나무에 묶인 노란 손수건

자신이 겪고 있는 행복이나 불행을
남의 일처럼 객관적으로 받아들일 수 있어야 합니다.
자신의 삶을 순간순간 맑은 정신으로 지켜보아야 합니다.
그렇게 하면 행복과 불행에 휩쓸리지 않고 물들지 않습니다.

법정

어떤 나무 꼭대기에 묶여 있는 노란 손수건을 찾는다
고 생각해보세요. 나무 하나하나를 보면서 찾으려고
하면 오래 걸릴 수밖에 없습니다. 운이 나쁘면 산 전
체를 뒤져서야 찾을 수 있을지도 모르고 말이에요.
그런데 위로 올라가 숲 전체를 보면 노란색은 금방 눈
에 띌 수 있습니다. 나무에 묶인 노란 손수건은 초록
잎 물결 속에서 마구 흩날리며 당신을 향해 손을 뻗고
있을 것입니다.
이처럼 멀리 넓게 바라본다면 원하는 것을 금방 얻을
수 있습니다.

세상은 기꺼이 은혜를 갚는다

많은 사람들이 세상이 자신에게 무엇을 해주지 않는
다고 불평합니다. 하지만 세상으로부터 무언가를 받
은 사람은 자신이 먼저 세상에 무언가를 베푼 사람입
니다.

세상이 당신에게 무언가 해주기를 바라기에 앞서 당
신이 먼저 세상에 어떤 도움을 줄지 생각하세요. 당
신으로 인해 발전된 세상은 기꺼이 당신에게 은혜를
갚아줄 테니까요.

상처에는 딱지가 생긴다

실수는 발견의 시작이다.

♣

제임스 조이스

인생이라는 달리기에서 넘어지지 않는 사람은 없습니다.

어차피 넘어질 거라면 최대한 많이, 최대한 빨리 넘어져 보는 것이 좋습니다. 넘어져 생긴 상처에는 언젠가 딱지가 앉기 마련입니다. 또한 계속해서 넘어지고 일어나다 보면 어떻게 해야 넘어지지 않는지, 어떻게 해야 잘 일어날 수 있는지 노하우가 생길 수밖에 없습니다.

좀 더 많이 넘어지세요. 그리고 다시 일어나세요.

대가에 따른 보상

한 사람의 명예를 유지하기 위해서는 어떠한 대가도 지나치지 않다.

마하트마 간디

세상에 공짜로 얻을 수 있는 것은 없습니다. 원하는 것이 있으면 반드시 대가를 지불해야 하는 것이지요. 어떻게 생각하면 조금 냉정하게 느껴지기도 하지만 또 이렇게 생각하면 축복으로 느껴지기도 할 것입니다.

대가를 지불해야 원하는 것을 얻을 수 있다는 말은 대가를 지불하면 반드시 원하는 것을 얻을 수 있다는 말이기도 하니까요.

기꺼이 대가를 지불하세요. 그리고 주어지는 보상을 기쁘게 받아들이세요.

칼의 날과 손잡이

두려움이 아닌 희망과 꿈에 대한 조언을 구하라.
좌절에 대해 생각하기보다 채워지지 못한 너의 잠재력에 대해 생각하라.
시도했다가 실패한 일이 아닌 여전히 성취 가능성이 있는 일에 집중하라.

♣

요한 23세

칼의 날을 잡으면 당신의 손이 베이겠지만 칼의 손잡이를 잡으면 적을 벨 수 있습니다.
이처럼 아무리 부정적이기만 한 것처럼 보여도 그 속에는 긍정적인 부분도 있기 마련입니다.
부정적인 것에 좌절하기에 앞서 그 안에 있는 긍정적인 부분을 찾아내야 합니다.

홍심을 뚫기 위해서는

뛰어난 사람은 방황하는 생각을 바르게 조절한다.

♣

고타마 싯다르타

활을 쏠 때는 과녁을 명중시키는 것을 목표로 합니다. 그런데 활 쏘는 것에 서툰 사람들은 홍심을 맞추기 어려울 수밖에 없습니다. 빗나가기도 하고 아니면 아예 근처에 가지도 못 한 채 괜한 데로 날아가기도 하지요.

이들이 홍심을 뚫기 위해서는 활을 쏘는 자세부터 힘까지 수정해야 합니다. 자세가 삐뚤어졌거나 손에 힘이 부족한 등 하나라도 잘못되면 과녁을 명중시키기 어렵습니다.

당신이 목표로 삼은 홍심을 뚫기 위해서도 잘못된 요소들을 차근차근 수정해나가야 합니다.

가야 할 길은 많이 남아 있다

인생의 목적은 완전하게 태어나는 것이다.
살아간다는 것은 매 순간 다시 태어나는 것이다.

♣
에리히 프롬

어떤 일에 몇 번 실패했다고 해서 당신의 인생이 끝나는 것은 아닙니다. 당신이 얼마나 많이 넘어지느냐는 중요하지 않습니다. 몇 번이고 다시 일어날 수 있으니까요.
주저앉지 마세요. 아직 끝이 아닙니다. 당신이 걸어가야 할 길은 아직도 많이 남아 있습니다. 끝까지 포기하지 말고 당당히 결승선을 통과하세요.

사람에게서 느껴지는 매력

모든 일에 여분을 남겨 뭇다 한 뜻을 둔다면
조물주도 시기하지 않으며, 귀신도 해하지 않는다.
모든 일에서 성공을 구하고 공로 또한 완전길 바란다면
안으로부터 변란이 일어나거나 바깥으로부터 근심을 부르게 된다.

♣
홍자성

아무리 맛있는 음식이라도 과식을 하게 되면 기분 나쁜 포만감이 몰려오게 마련입니다. 그럴 때면 음식이 얼마나 맛있었는지는 더 이상 생각나지 않습니다.

반면 덜 맛있는 음식이더라도 조금 아쉬운 듯 먹으면 그 맛이 입안에서, 머릿속에서 계속 생각나게 마련입니다.

마찬가지로 사람은 완벽한 기계가 아니기 때문에 매력적인 법입니다. 조금 아쉬운 결과를 얻었어도 그 때문에 더 열심히 해야겠다고 다짐할 마음이 생기는 것이지요.

실수는 탱고가 된다

모든 실수가 어리석은 것이라 말해서는 안 된다.

♣

마르쿠스 툴리우스 키케로

영화 〈여인의 향기〉에서는 실수에 대해 다음과 같이
말합니다.

"탱고는 정말 멋진 거예요. 만일 실수를 하면 스텝이
엉키고, 그게 바로 탱고가 되는 거지요. 한번 해봅시
다."

이처럼 실수는 두려워하지 않아도 되는 거랍니다. 실
수라고 생각했던 것이 생각지도 못 한 일을 해내기도
하니까요. 또 실수로 얻은 경험이 다음에는 당신이
더 잘할 수 있도록 도와주기도 합니다.

실수가 만들어내는 결과를 즐기세요.

밟아야 도달할 수 있다

나는 실패해본 적이 없다.
다만 효과가 없는 만 가지 방법을 찾았을 뿐이다.

♣

토머스 에디슨

성공은 그냥 이루어지는 것이 아닙니다. 성공으로 가는 과정 속에서 겹겹이 쌓인 실수와 실패를 밟아야 마침내 성공이라는 층에 도달할 수 있습니다.
잘못 디뎌 넘어지더라도 다시 일어서야 합니다. 당신은 반드시 해낼 수 있습니다.

실패의 계단을 오르는 법

청년의 실패야말로 그의 성공의 척도다.
그가 실패를 어떻게 생각했는가, 절망했는가, 후퇴했는가,
또는 더욱 용기를 가지고 전진했는가,
그것으로 그의 생애가 결정된다.

♣

헬무트 폰 몰트케

계단을 오를 때 우리는 보통 두 눈을 똑바로 뜨고 주의하곤 합니다. 잘못 디디면 뒤로 넘어가거나 앞으로 넘어져 크게 다칠 테니까요.

성공으로 가기 위한 실패의 계단을 딛고 올라설 때도 마찬가지여야 합니다. 이 계단의 간격이 얼마나 되는지, 어떻게 생겼는지 보면서 철저히 분석해야 하는 것이지요. 그런데 이 계단을 오를 때 눈도 제대로 뜨지도 않은 채 건성건성이면 어떻게 될까요? 한 걸음 한 걸음 내딛는 일이 결코 쉬운 일이 아니게 될 것입니다. 바닥까지 굴러 떨어져 다시 올라와야 할지도 모릅니다.

길을 잃으면 길을 발견한다

하나의 행복의 문이 닫히면 다른 문이 열린다.
그러나 가끔 우리는 그 닫힌 문만 너무 오래 보기 때문에
우리를 위해 열려 있는 다른 문을 보지 못한다.

♣
헬렌 켈러

누구나 한 번쯤 길을 잃어본 적이 있을 것입니다. 이 때 대부분 두려움에 떨겠지만 그래도 어쨌든 앞으로 나아가야만 합니다.

그런데 이때 길을 찾아 헤매다가 새로운 길을 발견하기도 합니다. 이 길은 길을 잃지 않았으면 결코 발견하지 못했을 것입니다. 게다가 새롭게 발견한 이 길이 원래 알고 있던 길보다 훨씬 평탄하기라도 한다면 금상첨화입니다.

당신이 겪을 실패 역시 또 다른 길을 발견할 기회를 줍니다. 실패한 자리에서 주저앉으면 아무런 길도 찾을 수 없습니다.

위기 속에 담긴 기회

어떠한 불행은 오히려 희망의 토대가 된다.
슬퍼하지 말고 불행을 새로운 출발점으로 삼아라.
불행 앞에 굴복해 좌절하는 대신 그 불행을 이용하는 사람이 되어야 한다.

♠ 오노레 드 발자크

위기라는 단어를 풀이해보면 그 진정한 뜻을 파악할 수 있습니다.

한자로 위기危機는 '위태하다'는 뜻의 위危와 '시기'라는 뜻의 기機로 이루어져 있습니다. '위험한 고비나 시기'라는 뜻이지요. 그런데 중요한 것은 기에 '기회'라는 뜻도 담겨 있다는 사실입니다.

이제부터 위기라는 단어를 위태한 동시에 기회가 될 수 있다는 뜻으로 받아들이면 어떨까요? 별거 아니지만 이러한 희망적인 언어유희는 당신에게 큰 힘이 되어줄 것입니다. 위기 속에서 기회를 찾으세요.

사랑은 다른 사랑으로 잊힌다

**자라나는 손톱이 먼저 생긴 손톱을 밀어내는 것처럼
나중에 생긴 버릇이 앞서의 버릇을 정복한다.**

♣

데시데리우스 에라스무스

이별의 아픔은 누구에게나 크게 다가옵니다. 밤새 잠을 못 이루기도 하고 심한 경우에는 정상적인 생활을 못 하기도 하지요. 이별을 극복하기 위해서는 기나긴 시간이 필요하게 마련입니다. 그런데 극약 처방도 없지는 않습니다. 새로운 사랑으로 지나간 사랑을 물리쳐 버리면 되는 것입니다. 새로운 사람과 알콩달콩 지내다 보면 지난 이별의 아픔은 언제 그랬냐는 듯 사르르 녹아 없어집니다.

고치기 힘든 당신의 나쁜 습관도 이와 마찬가지입니다. '사랑이 다른 사랑으로 잊혀지네'라는 노랫말처럼 당신의 습관은 다른 습관으로 고칠 수 있습니다. 나쁜 습관을 고치기 쉽지 않다면 그보다 더 중독성이 강한 좋은 습관을 길들여보세요.

그럼에도 불구하고 웃는 사람

웃음은 수많은 질병들을 치료해준다.
웃음은 아마도 사람에게 가장 중요한 것이리라.

♣

오드리 햅번

당신은 어떨 때 웃나요? 우리는 개그 프로그램을 볼 때, 친구들과 즐거운 시간을 보낼 때, 바라던 일이 순조롭게 풀릴 때 웃기도 하고 어떤 사람이 가소로울 때, 어색하거나 멋쩍을 때 웃기도 합니다.

그런데 일이 잘 풀리지 않을 때, 힘들 때, 어려울 때 웃을 수 있는 사람은 그리 많지 않습니다. 따라서 힘들더라도 웃고 긍정적인 마음을 가지려고 노력하면 가치 있는 사람이 될 수 있습니다. 그리고 그런 당신에게 행복은 절로 따라옵니다.

행복해서 웃는 사람보다 웃어서 행복해지는 사람이 되세요.

투덜거리느냐, 해결하느냐

어둡다고 불평하는 것보다 촛불을 켜는 것이 더 낫다.

♣

공자

일을 하다 보면 문제가 생기기 마련입니다. 누구에게
나 문제는 일어납니다.

그런데 똑같은 문제를 겪고도 그것에 어떻게 대처하
느냐는 사람에 따라 다르게 나타납니다. 중요한 것은
그 대처법에 따라 개인의 앞날도 바뀔 수 있다는 점입
니다.

문제가 발생하면 어떤 사람은 도무지 문제를 해결할
생각은 하지 않습니다. 문제가 발생한 점에 대해 불
평하고 투덜거리는 데 모든 시간을 허비해버립니다.
그렇게 투덜거리기만 한다고 해서 문제가 해결될 수
있는 것도 아닌데 말입니다. 반면 어떤 사람은 문제
가 발생한 것에 대해 잠깐 투덜거리기는 하지만 곧 문
제를 어떻게 하면 해결할 수 있는지 고민합니다. 그
리고 문제를 해결하고 원하는 것을 이룹니다.

당신은 어떤 사람입니까?

즐기면 결과는 따라온다

일을 즐겁게 하는 자는 세상이 천국이요,
일을 의무로 하는 자는 세상이 지옥이다.

♣

레오나르도 다 빈치

'천재는 노력하는 자를 이길 수 없다'는 말을 들어본
적이 있을 것입니다. 그런데 이보다 더 중요한 말은
따로 있습니다. 바로 '노력하는 자는 즐기는 자를 이
길 수 없다'는 말입니다.

그만큼 어떤 일을 함에 있어 즐기는 것은 상당히 중
요합니다. 아무리 천재라도, 노력하는 자라도 일 자
체를 싫어한다면 능률이 오르기 쉽지 않습니다. 반면
일 자체를 좋아한다면 몇 날 며칠 밤을 새더라도 시간
가는 줄을 모릅니다.

재미있어 하는 일은 누구도 못 말린다고 했습니다.
자신에게 주어진 일을 즐기며 하세요. 결과는 자연적
으로 따라올 것입니다.

피할 수 없다면 즐길 수밖에

이 고난은 내가 만든 것이 아니다.
어쩔 수 없는 고난이라면 이를 감내하자.
즐기면서 차라리 당당하게 받아들이자.
그리고 이겨나가자.

♣
앤드루 카네기

당신이 하고 싶은 일만 할 수 있다면 얼마나 좋을까
요? 하지만 안타깝게도 세상은 그리 만만치 않습니
다. 하기 싫은 일을 어쩔 수 없이 해야만 할 때도 있는
법입니다.

하기 싫은 일을 피할 수 없다면 다른 방법은 없습니
다. 즐기는 것뿐입니다.

당신이 할 수 있는 일

언제나 현재에 집중할 수 있다면 행복할 것이다.

♣

파울루 코엘류

자신이 할 수 있는 일에 매달려도 일은 쉽사리 마음대로 되지 않는 법입니다. 그런데도 사람들은 자신이 할 수 없는 일, 이를테면 이미 지나간 일이나 영향력을 발휘할 수 없는 일에 한눈을 팔고는 합니다.

이제는 당신이 할 수 있는 일에만 집중해야 합니다. 당신이 할 수 없는 일에 한눈을 팔아도 아무런 소용이 없습니다.

매운 양념과 눈물 콧물

인간은 모든 종류의 실수를 하지만, 관대하고 진실하며 열정이 있는 한
세상에 피해를 주거나 심각한 화를 부르진 못한다.

♣

윈스턴 처칠

대부분의 사람들이 부정적인 일을 과장해서 생각하는 경향이 있습니다. 무서운 일은 더욱 무섭게 기억하고, 안 좋은 일은 더욱 안 좋게 생각하며, 자신의 실수는 실제보다 더 크게 생각합니다.

그렇기 때문에 실패할 때마다 더욱 크게 낙심하고 좌절하는 것입니다. 벌어진 일은 있는 그대로 담백하게 받아들이세요. 스스로 매운 양념을 쳐봤자 결국 눈물 콧물만 쏙 뺄 뿐입니다.

바닥에 쏟아진 물

과거나 미래에 집착해 당신의 삶이 손가락 사이로 빠져 나가게 하지 말라.
당신의 삶이 하루에 한 번인 것처럼 인생의 모든 날들은 한 번 살게 되는 것이다.

♣
더글러스 대프트

쏟아진 물은 다시 주워 담을 수 없습니다. 대신 바닥
을 닦고 다시는 물을 엎지르지 않겠다는 다짐은 할 수
있습니다. 언제까지 바닥을 바라보면서 주워 담을 수
없는지만 생각하고 있을 건가요?
이미 벌어진 일은 벌어진 대로 받아들이고 자신을 용
서하세요. 그리고 그 일을 어떻게 수습할 건지만 생
각하세요.

하늘의 별과 땅의 꽃

나는 내가 가지지 못한 것을 보고 불행하다고 생각한다.
그러나 다른 사람들은 내가 가진 것을 보고 행복하리라 생각한다.

♣

마리 라그랑주

하늘에 떠 있는 별만 바라보고 있는 사람은 자신이 밟고 서 있는 땅에 피어 있는 꽃의 아름다움을 보지 못합니다.

당신은 당신이 생각하는 것보다 훨씬 더 많은 것을 가졌습니다. 하늘의 별은 가지지 못하지만 땅의 꽃은 얼마든지 가질 수 있습니다.

지금 당신이 불만족스러워 하고 있는 그 자리는 다른 누군가가 그토록 바라던 것일지도 모릅니다.

당신이 가진 것에 감사하세요. 그것이 더욱 행복해질 수 있는 방법입니다.

엉킨 실타래는 잘라서 푼다

시작의 비결은 질리도록 복잡한 일이라도
감당할 수 있을 정도의 작은 조각으로 분할해서
첫 조각부터 '시작하는 데' 있다.

♣

마크 트웨인

복잡한 일이 엉켜 있어 손댈 엄두가 나지 않는다면 단순화시켜 하나씩 해결하면 됩니다.

엉킨 실타래를 도저히 그대로 풀 방법이 없다면 작게 잘라서 풀면 되는 것과 같은 이치지요.

이처럼 복잡한 일을 단순화시킨다면 이 세상에 당신이 풀지 못할 일은 없습니다. 그렇게 믿고 모든 일을 척척 해나가세요.

영혼을 위한 기도, 신체를 위한 운동

운동은 하루를 짧게 하지만 인생을 길게 해준다.

♣

엘리엇 조슬린

건강을 지킬 수 있는 가장 좋은 방법은 운동입니다. 그럼에도 불구하고 많은 현대인들의 운동량은 턱없이 부족합니다. 치열한 경쟁사회 속에서 바쁘게 살다 보니 그러하겠지만, 그렇기 때문에 더욱 운동이 필요하기도 합니다. 치열한 경쟁과 긴장이 스트레스와 우울증 등을 일으키기 때문입니다.

운동에는 스트레스에 대항하는 호르몬인 코르티솔을 분비하는 힘이 있습니다. 당신의 영혼을 위해 기도하듯 신체를 위해 운동하세요. 건강한 육체에 건강한 정신이 깃드는 법입니다.

후회에 담긴 가능성

후회는 해보았자 소용이 없다는 말이 있지만
후회한다고 이미 늦은 것은 아니다.

♣

레프 톨스토이

'후회한다'는 말은 '이전의 잘못을 깨치고 뉘우친다'는 뜻입니다. 즉, 스스로의 잘못을 깨닫는다는 것이지요.

당신은 지금 어떤 일을 후회하고 있나요? 그렇다면 됐습니다. 그 자체에 더 나은 결과가 나올 가능성이 담겨 있을 테니까요.

후회한다는 것은 새로운 길로 나아갈 수 있는 희망을 품는다는 것과 같습니다. 후회하는 일에 회의감을 느끼는 대신 그것을 지혜롭게 이용해서 당신의 발전에 도움이 될 수 있도록 해야 합니다.

빨강머리 앤의 명언

앞일을 생각하는 건 즐거운 일이에요.
이루어질 수 없을지라도 생각하는 건 자유거든요.

♣

루시 모드 몽고메리

"린드 아주머니는 아무것도 기대하지 않는 사람은 아무런 실망도 하지 않으니 다행이라고 말씀하셨어요. 하지만 저는 실망하는 것보다 아무것도 기대하지 않는 게 더 나쁘다고 생각해요"라고 말한 아이가 있습니다. 바로《빨강머리 앤》의 주인공, 사랑스러운 여자아이 앤이랍니다. 앤은 이 밖에도 여러 가지 멋진 말로 독자들을 감동시켰지요.

앤의 말처럼 아무것도 기대하지 않으면 아무것도 얻을 수 없습니다. 당신의 삶을 희망으로 가득 채우세요.

뉴턴이 사과나무 밑에 있었던 이유

완전한 계획을 세우려는 것은 쇠퇴의 징조다.
흥미로운 발견이나 발전이 이루어지는 동안에는
완전한 연구실을 설계할 시간이 없다.

♣

시릴 파킨슨

완벽한 계획을 세우기 전까지 한 발짝도 움직이지 않는 당신, 계획만 짜다가 기회를 놓쳐버린 적이 있지 않나요? 기억하세요. 당신이 아무리 완벽한 계획을 세운다 한들 모든 일은 그 계획대로 흘러가지 않습니다. 변수는 반드시 생기게 마련입니다. 게다가 더욱 놀라운 사실은, 위대한 발견은 뜻대로 일이 이루어지지 않았을 때 더 많이 이루어졌다는 것입니다.

만유인력의 법칙을 발견한 뉴턴도 그 법칙을 발견하기 위해 사과나무 밑에 누워 있던 것이 아니었습니다. 우연히 사과나무 밑에 있다가 떨어진 사과를 보고 생각해냈던 것뿐입니다.

비어야 찰 수 있다

마음의 여유가 있는 사람의 집에는 항상 여유가 있다.

♣

토머스 모어

일이 잘 풀리지 않는 당신, 답답한 마음과 치솟는 짜증에 어쩔 줄 몰라 하고 있나요? 한시라도 빨리 골치 아픈 일을 해결하고 싶겠지요. 아마 당신의 머릿속은 온통 그 문제점으로 꽉 차 있을 것입니다.

그런데 상식적으로 생각해보세요. 비어 있는 곳에는 쉽게 무언가가 더 들어찰 수 있는 반면 공간이 없는 곳에는 무언가가 더 들어가기 쉽지 않습니다. 마찬가지로 당신이 머릿속과 마음속에 여유를 가질수록 해결책은 더 많이 떠오를 수밖에 없습니다. 반면 문제점으로 꽉 채운 머릿속과 마음속에는 해결책이 들어서고 싶어도 들어설 수 있는 자리가 없습니다.

여유를 가질 때 문제점이 의외로 해결되는 경우가 많은 것도 이 때문입니다.

화는 어렵게 내야 한다

누구든 화를 낼 수 있다. 그것은 쉬운 일이다.
그러나 올바른 대상에, 올바른 정도로, 올바른 시간에,
올바른 목적으로, 올바른 방식으로 화내는 건 쉬운 일이 아니다.

♣

아리스토텔레스

세상을 살아가다 보면 화가 나는 상황이 자주 있기 마련입니다. 때로는 상대방 때문에, 때로는 자기 자신 때문에 등 대상도 원인도 가지각색이지요. 경우에 따라서는 반드시 화를 내야 할 때도 있습니다.

하지만 시도 때도 없이, 적절한 이유 없이 내는 화는 상당히 위험합니다. 아무리 적절한 화라도 어찌 되었든 상대방의 기분을 상하게 할 수밖에 없기 때문이지요. 그런데 적절하지 않은 화는 얼마나 더 큰 반향을 일으키겠어요?

따라서 화를 내기 전에는 다시 한 번 신중하게 생각해 보는 일이 필요합니다. 무심코 낸 화가 자신에게 배로 돌아올 수도 있으니까 말이에요.

다른 것이냐, 틀린 것이냐

**두 사람이 서로 다른 점을 각자의 타고난 개성으로 인정하지 않고
틀린 점으로 취급하는 순간 상처가 자리 잡기 시작한다.**

최일도

인생에는 정답이 없습니다. 따라서 상대방의 의견이
내 의견과 일치하지 않더라도 그것은 '다른 것'이지
'틀린 것'이 아닙니다.

모든 문제는 다른 것과 틀린 것을 구분하지 못할 때
발생합니다. 서로의 의견을 틀린 것으로 받아들이면
그중 하나는 묵살시킬 수밖에 없습니다. 그 과정에서
갈등이 일어나는 것이고요. 하지만 다른 것으로 받아
들이면 서로 만족할 수 있을 만한 방안을 모색할 수
있습니다.

상대방과 나는 서로 다른 인생을 살아온 것이지 결코
틀린 인생을 살아온 것이 아님을 기억하세요.

사람은 의견을 쉽게 바꾸지 않는다

당신의 의견이 비록 옳다고 하더라도
무리하게 남을 설득시키려고 하는 것은 현명한 일이 아니다.

♣

바루흐 스피노자

사람과 사람을 상대하다 보면 때로는 상대방을 설득
시켜야 할 때도 있는 법입니다. 하지만 당신이 당신
의 의견을 쉽게 바꾸지 않듯이 상대방 역시 자신의 의
견을 쉽게 바꾸지 않습니다. 이때 무리한 설득을 시
도하다가는 오히려 역효과를 일으키기 십상입니다.
상대방이 올바른 생각을 할 수 있도록 도와주는 정도
면 충분합니다. 당신의 의도를 알아준 상대방은 설득
시킬 수 있을 것이고, 그럼에도 콧방귀도 끼지 않는
사람은 어떻게 해도 설득시키기 쉽지 않을 것입니다.

용서는 자신을 위해서 한다

**복수할 때 인간은 적과 같은 수준이 된다.
그러나 용서할 때 그는 원수보다 우월해진다.**

♣

프랜시스 베이컨

당신은 미워하는 사람이 있나요? 때로는 그에게 아무리 욕하고 저주를 퍼부어도 분이 풀리지 않기도 할 거예요. 하지만 그럴 때마다 당신의 마음은 어땠나요? 좀 평안해지던가요? 아니면 피곤해지기만 하던가요? 아마 후자인 경우가 더 많았을 겁니다. 이처럼 누군가를 증오하는 마음은 자기 자신을 위해 해서는 안 될 일입니다. 결코 그를 위해서 용서하라는 말이 아니에요. 사람은 천사가 아니니까요. 그를 위해서가 아니라 당신 자신을 위해서 용서하세요. 그럼으로써 당신의 마음은 평안해질 것이고, 당신은 그보다 더욱 높은 위치에 올라설 수 있게 됩니다.

밥을 짓기 위해서는

아무리 약한 사람이라도 단 하나의 목적에
자신의 온 힘을 집중한다면 무엇인가 성취할 수 있지만,
아무리 강한 사람이라도 힘을 많은 목적에 분산하면 어떤 것도 성취할 수 없다.

♣

샤를 몽테스키외

밥을 짓기 위해서는 먼저 쌀을 씻어야 합니다. 그 다음
씻은 쌀과 적당한 양의 물을 밥통에 안쳐야 합니다.
이처럼 모든 일에는 중요도와 순서가 있습니다. 무엇
이 더 중요한지, 무엇을 더 먼저 해야 하는지 제대로
파악하지 못하면 당신의 일은 꼬여버리고 말 것입니
다. 밥을 빨리 짓는다고 해서 쌀에 물을 붓지도 않고
밥통에 안쳐버리기만 하면 밥이 될 리 없습니다.
어떤 일부터 처리해야 하는지 우선순위를 정하세요.
그리고 하나하나 차근차근 실행해나가세요. 절대 끝
나지 않을 것만 같던 일도 어느새 자신의 끝을 보여줄
테니까요.

남들보다 조금 늦어도 괜찮다

일만 하고 휴식을 모르는 사람은
브레이크가 없는 자동차 같아서 위험하기 짝이 없다.

♣
존 포드

사람은 평균 80년을 삽니다. 아주 긴 시간이지요. 이 80년을 잘 보내기 위해서는 어떻게 해야 할까요?

인생은 단거리달리기가 아닙니다. 그럼에도 불구하고 단거리달리기를 하는 것처럼 사는 사람들이 있습니다. 그렇게 빨리 달린다고 해서 결승선에 먼저 도착할 수 있는 것도 아닌데 말이지요. 처음부터 힘을 쏙 빼고 나면 오히려 완주를 할 수 없을지도 모릅니다.

마라톤과도 같은 인생 레이스에서 중요한 것은 자신만의 적정한 페이스 조절입니다. 남들보다 조금 늦어도 괜찮습니다. 중요한 것은 얼마나 멋지게 결승선을 통과하느냐이기 때문입니다.

인생이라는 마라톤에서는 빠르게 비틀비틀 결승선을 통과하는 사람보다 늦더라도 힘차게 결승선을 통과하는 사람이 박수를 더 많이 받는 법입니다.

험난한 산을 오를 때처럼

험한 언덕을 오르려면 처음에는 천천히 걸어야 한다.

♣

윌리엄 셰익스피어

험난한 산을 오르기로 마음먹은 당신, 가파른 길을 처음부터 뛰어 올라가지는 않을 것입니다. 처음에는 당신의 폐가 오르막길에 길들여질 수 있도록 천천히 걸어야 합니다. 그러다가 오르막길에 어느 정도 적응이 되면 조금 빠르게 걷거나 가볍게 뛸 수 있습니다.

인생이라는 여정은 험난한 산을 오르는 과정과 같습니다. 일찍 지쳐 중턱에서 주저앉아 버려서는 안 됩니다. 무리하지 않고 페이스를 조절해야 정상에 올라설 수 있습니다.

꼬여버린 실타래를 푸는 것처럼

운명의 사슬의 고리는 한 번에 하나씩 밖에 다룰 수 없는 것이다.

♣

윈스턴 처칠

문제를 해결하는 일은 꼬여버린 실타래를 푸는 일과 같습니다.

실타래를 풀 때는 한 가닥 한 가닥을 차근차근 풀어내는 것이 중요합니다. 이 가닥을 풀다가 서 가닥을 풀다가 하다 보면 기껏 풀어놓은 것까지 다시 엉켜버릴지도 모릅니다.

당신이 일을 해결할 때도 마찬가지입니다. 이 일에 손대다가 저 일에 손대다가 하다 보면 결국 하나의 일도 제대로 처리할 수 없게 됩니다. 하나하나 차근차근 해결하세요.

꿈을 향해 나 있는 길

**내가 가장 불신하는 이들은 우리의 삶을 향상시키고자 하면서도
단 한 가지 방법밖에 모르는 사람들이다.**

♣

프랭크 허버트

당신의 꿈을 향해 나 있는 길은 하나가 아닙니다. 그런데도 많은 사람들이 하나의 길만 바라보고, 그 길이 막혀 있으면 바로 포기해버리고 맙니다.

하나의 길이 막혀 있다거나 당신에게 조금 벅찬 길이라면 다른 길로 돌아가면 됩니다. 조금만 눈을 돌려보세요. 조금만 더 유연하게 생각해보세요. 여러 갈래의 길이 당신 발끝으로부터 뻗어 있는 것을 발견할 수 있을 테니까요.

당신의 내면이 속삭인다

속이 가득 찼다고 소리를 내는 것이 아닙니다.
악기는 비어 있기 때문에 들리는 것입니다.
한번 비워보세요. 내면에서 울리는 자기의 외침을 듣게 됩니다.

♣
전경일

타악기 중에는 속이 빈 것이 많습니다. 북, 소고, 장구 등도 있고 드럼도 있지요. 이 악기의 속이 무언가로 채워져 있다면 제대로 소리를 내기 어려울 것입니다. 우리의 마음도 마찬가지입니다. 여러 가지 고민거리 등으로 마음이 꽉 차 있다면 내면에서 울려 퍼지는 소리를 들을 수 없습니다.

마음에 있는 모든 것을 한번 내려놓아 보세요. 그리고 비어 있는 마음에 귀를 기울여보세요. 당신의 내면이 고민에 대한 해결방안을 속삭이고 있을 테니까요.

시계보다는 나침반이다

길을 걸어가려면 자기가 어디로 향하는지를 알아야 한다.

♣
레프 톨스토이

당신이 인생을 살아감에 있어 진정으로 필요한 물건은 시계가 아닌 나침반입니다. 아무리 빨리 도착하더라도 그곳이 결승선 지점이 아니라면 아무 소용도 없기 때문입니다.

시계를 보고 언제 도착하나 하는 생각만 하면서 발걸음을 재촉하기보다는 한 걸음 한 걸음 내딛으며 돌아가는 나침반 바늘이 가리키는 방향을 주시해야 합니다.

속도보다는 방향이 중요하다는 말입니다.

소 잃고 외양간 고친다

건강을 돌보라.
당신에겐 건강을 무시할 권리가 없다.
건강을 무시한다면 아마도 당신뿐 아니라 타인에게까지 짐이 될 것이다.

♣

윌리엄 홀

당신이 아무리 원하는 것을 이루고 성공했다 하더라도 건강하지 않으면 아무런 소용이 없습니다. 따라서 그 무엇보다도 중요한 것은 당신의 건강입니다.

지금 건강하다고 해서 앞으로도 건강할 것이라는 안일한 태도는 당장 버려야 합니다. 내일 어떻게 될지 모르는 것이 사람 일입니다. 잃고 나서 되찾으려 하는 것은 늦습니다. 잃기 전에 예방하는 것이 중요합니다.

'소 잃고 외양간 고치는' 일은 절대 있어서는 안 됩니다.

스스로의 모습을 똑바로 바라보다

여행은 스스로에게 자신을 다시 끌고 가는 하나의 고행이다.

♣

알베르 카뮈

많은 사람들이 스트레스를 받으면 여행을 떠나곤 합니다. 친구들과 함께하는 시끌벅적한 여행도 좋지만 가끔씩은 훌쩍 떠나는 혼자만의 여행도 필요합니다. 혼자만의 여행은 스스로의 모습을 똑바로 바라볼 수 있게 합니다. 안전했던 테두리에서 벗어난 자신을, 익숙하지 않은 곳에 혼자 내던져진 자신을, 그럼에도 불구하고 용기를 내어 한 발짝 더 내딛는 자신을 말입니다.

에너지가 소진되면 충전한다

노동 뒤의 휴식이야말로 가장 편안하고 순수한 기쁨이다.

♣

이마누엘 칸트

우리가 쓸 수 있는 에너지에는 한계가 있습니다. 따라서 에너지가 다 소진되면 반드시 충전의 시간을 가져야 합니다. 기계는 전기 등으로 충전을 하지만 사람은 휴식으로 충전을 합니다.

사람은 기계가 아니기 때문에 과부하에 걸릴 수밖에 없습니다. 아니, 아무리 기계더라도 쉴 틈 없이 돌리다 보면 언젠가는 퍼지고 맙니다.

휴식의 시간은 결코 낭비의 시간이 아닙니다. 더 좋은 에너지를 내뿜기 위한 준비의 시간입니다.

쉬는 만큼 일은 잘 풀린다

힘들고 어려운 일을 할 때는 일하는 만큼의 휴식도 필요하다.

♣

미겔 데 세르반테스

수많은 일이 쌓여 있는 책상 앞에 다섯 시간째 앉아 있는 당신. 일은 해도 해도 끝이 보이지 않습니다. 그런데 책상 앞에 앉아 있는 시간과 실제로 일을 하는 시간은 다릅니다. 이 다섯 시간 중 실제로 일하는 시간은 얼마나 될까요?

다섯 시간 동안 앉아 있으면서 두 시간 일하는 사람도 있고, 세 시간 앉아 있으면서 두 시간 일하는 사람도 있습니다. 이들의 차이는 적절한 휴식에서 나옵니다. 쉬는 만큼 일이 잘 풀린다고 해도 과언이 아닌 것입니다.

강한 돌에도 끄떡없는 강

깊은 강물은 돌이 던져져도 흐려지지 않는다.
모욕을 받고 이내 벌컥 화를 내는 인간은 조그마한 웅덩이에 불과하다.

♣

레프 톨스토이

남의 말에 이리 신경 쓰고 저리 신경 쓰다가는 당신 자신을 완전히 잃어버릴지도 모릅니다. 남들이 뭐라고 하든 '너네는 떠들어라. 난 신경 안 쓰련다'와 같은 넓은 마음을 가져야 합니다. 그편이 당신의 행복을 지키는 데 훨씬 도움이 될 것입니다.

아무리 강한 돌이 던져져도 맑은 물빛을 유지하는 강과 같은 마음을 지니세요. 조그마한 돌멩이가 던져져도 금세 흙탕물로 변하는 작은 웅덩이 마음을 가져서는 안 됩니다.

당신의 마음의 문도 닫혀 있다

마음의 문을 여는 손잡이는 마음의 안쪽에만 달려 있다.

♣

게오르크 헤겔

상대방의 마음의 문을 여는 방법은 그리 어렵지 않습니다. 당신이 먼저 당신의 마음의 문을 열고 걸어 나가 상대방의 마음의 문을 두드리면 되는 것입니다.

그런데 하염없이 바라만 보면서 상대방 마음의 문이 열리기를 기다린다면 그 기다림에는 끝이 없을지도 모릅니다.

내 마음의 문이 먼저 열려야 상대방 마음의 문도 열릴 수 있습니다.

호감은 반응으로 나타난다

만약 누군가를 당신의 편으로 만들고 싶다면
먼저 당신이 그의 진정한 친구임을 확신시켜라.

♣

에이브러햄 링컨

대개 사람의 호감이란 먼저 남이 표시해준 것에 대한 반응으로 나타나는 것입니다. 따라서 호감을 기다릴 것이 아니라 당신이 먼저 주어야 합니다.

그럼에도 많은 사람들이 '내가 먼저 표시한 호감에 상대방이 불쾌감을 느끼면 어쩌지' 하는 걱정을 합니다. 하지만 대부분의 사람들이 그렇게 생각한다는 것은 남들도 다른 사람이 먼저 호감을 표시해주기를 기다린다는 뜻과도 같습니다. 따라서 당신이 먼저 호감을 표시한다고 해서 불쾌하다고 생각하는 사람은 없을 것입니다.

호감을 얻고 싶다면 먼저 호감을 표시하세요.

당신이 지나온 코스

인간은 인생의 방향을 결정할 규칙을 가지고 있어야 한다.

♣

존 웨인

어느새 인생이라는 레이스에서 여기까지 달려온 당신, 당신은 지금 제대로 살고 있나요? 내가 지나온 코스가 원래 내가 정했던 것인지, 아니면 그때그때 상황에 따라 어쩔 수 없이 선택했던 것인지 잘 생각해보세요. 만약 후자라면 지금부터라도 바로잡아야 합니다. 아직 늦지 않았습니다.

어제의 나, 오늘의 나, 내일의 나

오늘의 나와 내일의 나만 비교하자.
나아감이란 내가 남보다 앞서가는 것이 아니고,
현재의 내가 과거의 나보다 앞서 나가는 데 있는 거니까.

한비야

현대인은 지나친 경쟁의식에 사로잡혀 있습니다. 남들보다 조금이라도 늦춰질까 봐 전전긍긍하면서 불안한 레이스를 펼치지요.

하지만 당신이 정작 경쟁상대로 삼아야 할 것은 옆에서 뛰고 있는 남들이 아니라 자기 자신입니다. 어제 내가 뛴 것보다 오늘 더 많이 뛰었다면 당신은 훌륭한 경쟁상대를 이긴 것입니다. 또 더욱 열심히 해서 내일은 오늘 당신이 뛴 것보다 더 많이 뛸 수 있도록 노력하면 됩니다.

그렇게 자기 자신을 이기는 레이스를 펼치면 남들은 굳이 이기려 애쓰지 않아도 이길 수 있을 것입니다.

패스트푸드보다 슬로푸드

개혁을 급하게 서두르는 것은
병을 고치려고 독약을 마시는 것과 같아서 몸만 심하게 해친다.
♣
조광조

빨리빨리 만들어내는 햄버거 등의 패스트푸드보다
은근하게 우려내는 곰국, 죽 등의 슬로푸드가 당신의
소화나 건강에 도움이 됩니다.
마찬가지로 당신의 사고, 행동 등을 변화시키기 위
해서는 슬로푸드와 같은 방식이 필요합니다. 급하게
서두르다 보면 체하게 되고 건강을 해칠 수밖에 없습
니다.

꽃이 피는 시기는 다르다

오래 엎드려 있던 새는 반드시 높이 날고 먼저 핀 꽃은 홀로 일찍 진다.
♣
홍자성

꽃은 저마다 피는 시기가 다릅니다. 그렇기 때문에 봄에 피는 벚꽃, 개나리, 진달래만 예쁘다고는 할 수 없습니다. 여름의 장미, 해바라기는 화려함을 뽐내며 가을의 코스모스, 국화는 수수함을 뽐냅니다. 그리고 겨울의 동백꽃, 수선화, 군자란의 아름다움도 빼놓을 수 없습니다.

늦게 이루어지는 것에도 그 나름대로의 아름다움이 있습니다. 봄꽃을 피우지 못했다고 너무 초조해 하지 마세요. 여름꽃, 가을꽃, 겨울꽃을 피우면 될 테니까요.

추억으로 짓는 미소

고결한 추억이야말로 소중한 재료다.
우리의 정서는 이 재료를 통해 삶이라는 시를 빚는다.

♣

루트비히 판 베토벤

지금 당장 웃을 일이 없어 울상만 짓고 있다면 과거에 행복했었던 추억을 떠올려보세요. 무슨 일을 하든 까르르, 웃음이 났던 그때를 생각하면 자신도 모르게 입가에 슬그머니 미소가 떠오를 것입니다. 그리고 그 미소는 당신이 다시 힘낼 수 있도록 도와줄 거예요.

나무가 흔들리는 이유

가끔은 흔들려보며 때로는 모든 것들을 놓아봅니다.
그러한 과정 뒤에 오는 소중한 깨달음이 있습니다.
그것은 다시 희망을 품는 시간들입니다.
다시 시작하는 시간들 안에는 새로운 비상이 있습니다.

♣

헨리 롱펠로

나무가 바람에 흔들리고 휘어지는 것은 부러지지 않기 위함입니다.

당신도 거센 바람과도 같은 시련이 몰아칠 때마다 조금 흔들리기도 하고 휘어지기도 할 것입니다. 하지만 괜찮습니다. 원래 나무든 사람이든 조금씩 흔들리며 성장하는 법이니까요.

눈을 가려버리는 안대

고정관념에서 벗어나게 되면
계속해서 같은 문제 때문에 같은 교훈을 배울 필요가 없다.

♣

앤드류 매튜스

당신은 지금 인생의 레이스를 뛰고 있습니다. 나름대로의 페이스를 유지하면서 남들은 신경 쓰지 않고 오로지 자기 자신만을 경쟁상대로 삼고 있지요. 당신은 결승선을 통과하는 것을 목표로 하고 있을 겁니다.

그런데 한 가지 문제가 생겼습니다. 잘 달리고 있는 도중에 시커먼 안대가 갑자기 당신의 눈을 가려버린 것입니다. 앞을 볼 수 없게 된 당신은 앞으로 나아갈 수 없게 되었습니다. 이 안대는 고정관념이라 불린답니다.

고정관념은 이처럼 당신의 머리와 다리를 묶어버립니다. 유연한 사고를 할 수 없게 하고 발전할 수 없게 만듭니다. 고정관념에 사로잡히지 않도록 주의하세요.

중심에 서야 할 것은 당신이다

마음의 평안보다 더 행복한 것은 없다.

법구

해야 할 일을 마땅히 하는 것은 중요하지만 그 일을 하는 이유부터 먼저 생각해보아야 합니다. 일이란 당신의 자아를 확인하기 위한 것이며 동시에 당신의 삶을 안정시키기 위한 것이기도 합니다. 무엇보다 중심에 서야 할 것은 당신 자신이라는 뜻입니다.

그런데도 많은 사람들이 자기 자신보다 일을 더 중요하게 여기곤 합니다. 자신의 머릿속이 복잡하고 마음이 무거울 때도 끝내야 할 일에 매달리는 것입니다. 이렇게 아무리 일을 해봤자 효율성은 떨어질 수밖에 없습니다. 먼저 모든 것을 내려놓는 것이 상책입니다. 당신 자신부터 추스르고 일을 추슬러도 늦지 않습니다. 주객이 전도되어서는 안 된다는 것을 꼭 기억하세요.

조급해 하면 오히려 멀어진다

서둘러 목표를 끌어당기려 하면 오히려 그것은 멀어지게 될 것이다.
♣
요한 볼프강 폰 괴테

집착이란 '어떤 것에 늘 마음이 쏠려 잊지 못하고 매달린다'는 뜻입니다.

누구나 한 번쯤 어떤 것에 집착해본 적이 있을 것입니다. 그 대상이 되는 대표적인 것이 사람입니다. 짝사랑 중이거나 심지어 이별했음에도 불구하고 상대에게 집착하는 사람이 있습니다. 이들은 오히려 상대를 지치게 하기 마련입니다. 질려서 더더욱 멀리 떠나갈 수밖에 없게 하지요.

당신이 목표로 삼은 것도 마찬가지입니다. 최선을 다했다면 차분히 기다리세요. 조급해 하고 불안해 하면 오히려 당신의 신념은 무너져 목표와도 더욱 멀어지고 말 것입니다. 뜸을 들이지도 않았는데 솥뚜껑부터 열려고 하지 마세요.

현재에 집중하면 미래가 다가온다

예측은 매우 어려우며, 미래에 대해서는 특히 그렇다.

♣

닐스 보어

긴 레이스를 뛰다 보면 언제쯤 결승선에 도착할 수 있을지 알고 싶어 하는 이들이 많습니다. 눈앞에 보이지도 않는 결승선 지점에 한눈을 팔면서 현재의 코스에 집중을 못 하게 마련이지요.

하지만 그러면 그럴수록 결승선에 가까워지는 시점은 점점 멀어진다는 사실을 알아야 합니다. 반대로 현재 자신이 뛰고 있는 코스에만 집중하면 오히려 어느새 결승선이 눈앞에 다가와 있을 것입니다.

멀리 있는 결승선을 가늠해보는 대신 결승선을 통과한 다음 뒤돌아보며 자신이 뛰어온 코스를 되짚어보세요. 그때 느낄 수 있는 희열은 이루 말할 수 없습니다.

어제, 오늘, 그리고 내일

**지금 당신이 서 있는 곳은 당신의 생각이 이끌어준 것이다.
내일도 당신은 당신의 생각이 이끄는 곳에 있을 것이다.**

♣

제임스 알렌

오늘의 당신은 어제의 당신이 만들어낸 것입니다.
내일의 당신은 오늘의 당신이 만들어가고 있습니다.
당신은 어제 어떤 사람이었을까요? 오늘은 어떤 사람
일까요? 내일은 어떤 사람이 될까요?

돌멩이의 탄생 과정

용기를 내어 그대가 생각하는 대로 살지 않으면
머지않아 그대는 사는 대로 생각하게 된다.
♣
폴 발레리

바닥에 아무렇게나 굴러다니는 돌멩이 하나도 어디서 툭 튀어나온 것이 아닙니다. 큰 바위가 깎이고 깎여 바윗덩어리가 되고, 돌이 되고, 돌멩이가 되는 것입니다.

오늘의 당신 역시 아무런 근거도 없이 갑자기 생겨난 것이 아닙니다. 당신도 모르게 과거의 당신이 생각한 대로 깎이고 다듬어져 현재에 이른 것입니다.

생각에는 창조의 힘이 있습니다. 오늘의 내가 과거의 내가 생각한 대로 이루어진 것처럼 내일의 나는 오늘의 내가 생각한 대로 이루어집니다.

당신은 지금 무슨 생각을 하고 있나요? 당신은 내일의 당신을 어떻게 빚고 있나요?

발을 걸면 반칙이다

가장 적은 것으로도 만족하는 사람이 가장 부유한 사람이다.

♣

소크라테스

목표를 이루기 위해서 노력해야 하는 것은 당연한 일입니다. 그런데 욕심에 눈이 멀어 해서는 안 될 일까지 저지른다면 진정한 행복을 느낄 수 없습니다.

달리기를 할 때 앞서 가는 사람을 제치기 위해 고의적으로 발을 걸었다고 생각해보세요. 그렇게 이긴 당신의 행복은 과연 얼마나 갈까요? 절뚝거리며 결승선을 통과하는 상대를 보며 당신의 마음은 불편해질 수밖에 없습니다. 그리고 그 과욕은 훗날 당신에게 분명 되돌아옵니다.

사람은 신이 아니다

중요한 일에 집중할 수 있는 능력이
바로 지능의 가장 결정적인 특징이다.

♣

로버트 쉴러

사람은 전지전능한 신이 아닙니다. 그럼에도 불구하고 자신이 통제할 수 없는 일에 기웃대는 사람이 너무나도 많습니다.

당신의 회사가 재징직 어려움에 처했다고 가정해보세요. 이때 당신이 회사의 재정상태를 걱정해도 할 수 있는 일은 아무것도 없습니다. 회사의 재정은 대표이사가 알아서 해결할 문제입니다. 당신은 당신에게 주어진 일을 열심히 해서 성과를 내면 됩니다. 쓸데없는 걱정을 하다가 자신의 일도 제대로 해내지 못하면 회사는 더 큰 어려움에 처할 수밖에 없습니다.

새로 만든 것과 잃어버린 것

한 알의 모래에서 하나의 세계를 보고,
한 송이의 들꽃에서 천국을 본다.
♣
윌리엄 블레이크

현대사회는 너무나도 큰 발전을 이룩했습니다. 그에
따라 사람들에게 편의를 제공하는 것들이 많이 만들
어졌지요. 하지만 동시에 잃어버린 것들도 있습니다.
컴퓨터 화면을 몇 시간이고 쳐다보는 당신, 푸른 하늘
은 몇 시간이나 쳐다보나요? 아마 한 시간도 채 보지
못하는 이들이 대부분일 것입니다.
차가운 기계를 접하는 만큼 따뜻한 자연도 접해보세
요. 당신의 삶이 훨씬 더 아름답게 변할 거예요.

행복을 위한 사소한 투자

정말로 행복한 나날이란 멋지고 놀라운 일이 일어나는 날이 아니라
진주알들이 하나하나 줄로 꿰어지듯이,
소박하고 자잘한 기쁨들이 조용히 이어지는 날들인 것 같아.

♣

루시 모드 몽고메리

치열하게 살아가는 하루 동안 당신을 위로해주는 것
은 무엇인가요?

어떤 사람에게는 날마다 마시는 커피일 것이고 어떤
사람에게는 술 한잔일 것입니다. 이는 담배, 쇼핑, 독
서 등 사람마다 각양각색이겠지요.

이런 사소한 행복을 위한 투자는 결코 사치가 아닙니
다. 커피나 술 마실 돈을 모으면 더 큰 일을 할 수는
있습니다. 하지만 기분은 좋지 않을 것입니다.

당신의 행복을 위한 사소한 투자를 아까워하지 마
세요.

작은 일은 짧은 시간에

30분을 티끌과 같은 시간이라고 말하는 대신
그동안이라도 티끌과 같은 일을 처리하는 것이 현명한 방법이다.

♣

요한 볼프강 폰 괴테

당신에게 주어진 일들 중에는 짧은 시간이 소요될 작은 것도 있고 긴 시간이 소요될 큰 것도 있습니다. 따라서 작은 일은 짧은 시간 동안, 큰 일은 긴 시간 동안 해야 하는 것이 맞습니다.

출퇴근 시간, 쉬는 시간, 이동 시간 등이 짧은 시간, 즉 자투리 시간입니다. 하지만 우리는 이 자투리 시간을 그냥 흘려보내 버리는 경우가 많습니다.

자투리 시간을 잘 활용해야 나중에 낭패를 당하지 않을 수 있습니다. 작은 일을 그때그때 처리하지 않고 미루다 보면 나중에는 산더미처럼 쌓여 많은 노력과 시간이 들어갈 것이기 때문입니다.

돈? 명예? 행복? 건강?

자기가 태어나기 전보다
세상을 조금이라도 살기 좋은 곳으로 만들어놓고 떠나는 것,
자신이 한때 이곳에 살았음으로 해서 단 한 사람의 인생이라도 행복해지는 것,
이것이 진정한 성공이다.

♣

랠프 월도 에머슨

누구나 성공을 꿈꾸지만 그 성공의 의미는 사람마다
조금씩 다릅니다.

어떤 사람은 경기에 걸린 상금을 보고 레이스를 뛸 것
이고, 어떤 사람은 자신의 끈기를 시험하기 위해 레이
스를 뛸 것입니다. 전자의 경우 순위권에 들어 상금
을 타야만 성공했다고 할 수 있습니다. 하지만 후자
의 경우 비록 순위권에는 들지 못해도 끝까지 포기하
지 않고 완주한다면 성공했다고 할 수 있습니다.

당신의 성공 의미는 무엇인가요? 돈? 명예? 권력? 행
복? 건강? 진지하게 생각해보고 그것을 향해 달리세
요. 그것을 쟁취하는 순간 당신의 인생은 성공한 것
입니다.

아기가 다시 일어서는 이유

처음 걸으려고 할 때는 넘어졌다.
처음 수영하려고 할 때는 물에 빠져 죽을 뻔했다.
실패를 두려워하지 말라.
시도조차 하지 않을 때 놓치게 되는 기회를 걱정하라.

♣

오리슨 스웨트 마든

태어났을 때부터 뛸 수 있는 사람은 없습니다. 사람은 마침내 걷고 뛰기 위해 기는 것부터 시작합니다. 그것이 아기가 수백 번, 수천 번을 넘어져도 스스로 걷기 위해 다시 일어서는 이유입니다.

처음 시작은 누구에게나 힘든 법입니다. 그것을 딛고 용기를 내느냐 안 내느냐가 할 수 있느냐 없느냐를 가르는 차이입니다.

달걀과 바구니

**내일을 대비하는 현명한 사람은 바로 오늘부터 준비하되,
모든 달걀을 하나의 바구니에 모두 담지는 않는다.**

♣

미겔 데 세르반테스

모든 달걀을 하나의 바구니에 담으면 서로 부딪쳐 깨질 가능성이 커집니다. 그래서 현명한 사람은 달걀이 많이 부딪치지 않도록 몇 개의 바구니를 준비해 나눠 담지요. 이는 바구니 하나의 달걀이 모두 깨져도 다른 바구니의 달걀은 구할 수 있기 때문이기도 합니다.

당신도 어떤 일을 할 때마다 몇 개의 바구니를 준비해 놓아야 합니다. 하나의 바구니를 망치면 곧바로 다른 바구니로 갈아타면 됩니다. 항상 플랜 A와 함께 플랜 B도 준비해두세요.

그들은 천재가 아니다

준비된 자에게만 기회가 온다.

♣

루이 파스퇴르

어떤 일이 닥칠 때마다 능숙하게 해내는 자와 그렇지
못한 자의 차이는 어디에서 오는 것일까요? 그때그때
완벽하게 일을 처리하는 이들이 천재인 걸까요? 사실
은 그렇지 않습니다.

이 둘의 차이는 항상 준비하고 있느냐 그렇지 않느냐
에 있습니다. 항상 준비하고 있는 사람은 자신에게
찾아온 기회를 놓칠 리 없습니다. 그렇기 때문에 누
구보다 빠르고 완벽하게 처리할 수 있는 것이지요.
반면 준비하고 있지 않은 사람은 기회가 찾아와도 놓
치기 십상입니다. 기회를 발견하고 나서야 준비한다
고 해도 때는 늦습니다.

남들이 쉽게 버리는 시간을 이용해 준비하는 자세를
가지세요. 뜻밖의 기회를 선물로 받을 수도 있으니
까요.

다시는 돌아오지 않을 축복

같은 강물에 발을 두 번 담글 수는 없다.
두 번째에 들어갈 때 이미 그 물은 흘러갔기 때문이다.

♣

헤라클레이토스

당신이 보내고 있는 지금 이 시간을 당신은 어제와 별다른 것 없다고 생각할지도 모릅니다. 하지만 어제와 똑같은 오늘은 없습니다. 시간은 흘러가는 강물과도 같기 때문입니다. 따라서 당신은 1분 1초를 소중히 생각해야 합니다. 지금 이 순간은 다시는 돌아오지 않을 시간이기 때문이지요.
한번 지나가면 다시는 되돌릴 수 없는 그 시간을 축복으로 여기세요.

예측할 수 없는 축복

미래를 예측하는 최고의 방법은 미래를 창조하는 것이다.

♣

앨런 케이

당신은 자신에게 발전할 가능성이 없다고 낙심하고 있을지도 모릅니다. 그리고 한 치 앞도 내다볼 수 없는 미래를 불안해 하기도 할 테지요.

하지만 예측할 수 없는 그 미래 자체가 당신에게 축복이며, 미래에 도달하기 전까지 남아 있는 시간 속에 당신의 가능성이 존재합니다. 그 시간을 어떻게 보내느냐에 따라 당신의 미래가 결정되기 때문이지요. 그것은 오로지 당신만이 정할 수 있으며 행할 수 있습니다.

당신만의 축복과 가능성을 마음대로 주물러보세요.

주어진 시간의 끝에서

인간은 항상 시간이 모자란다고 불평을 하면서
마치 시간이 무한정 있는 것처럼 행동한다.
♣
루키우스 세네카

한번 지나간 시간은 되돌릴 수 없습니다. 또한 당신에게 주어진 시간에는 한계가 있습니다. 따라서 시간을 함부로 낭비해서는 안 됩니다.

주어진 시간의 끝에서 이미 흘러간 시간을 붙잡고 후회해봤자 아무런 소용도 없습니다. 지금 이 순간을 알차게 보내세요.

절대적이지만 상대적이다

100년을 산다고 해도 게으르고 노력하지 않는다면
그것은 부지런히 노력하는 사람의 하루와 같다.

법구

시간은 누구에게나 똑같이 24시간 주어집니다. 그렇다고 누구나 똑같이 하루에 24시간을 쓰느냐면 그렇지 않습니다. 똑같은 24시간을 어떤 사람은 2시간처럼 쓰고 어떤 사람은 240시간처럼 쓰기 때문입니다.

당신도 경험해본 적이 있을 것입니다. 한 시간에 두세 개의 일을 처리한 때도 있는 반면 한 시간에 하나의 일도 처리하지 못한 때도 있을 테니까요. 전자의 경우 한 시간을 두세 시간처럼 쓴 것과 다름없으며 후자의 경우 한 시간을 30분처럼 쓴 것과 다름없습니다.

시간은 절대적이지만 결코 절대적지 않습니다. 시간은 절대적이지만 상대적입니다.

기다려도 폭포는 쏟아지지 않는다

작은 기회로부터 종종 위대한 업적이 시작된다.

♣

데모스테네스

당신의 기회가 폭포와 같이 찾아오지는 않을 것입니다. 대신 한 방울 한 방울이 모여 웅덩이를 이루고 웅덩이가 다시 내가 되는 것처럼 찾아올 것입니다.

따라서 당신은 쏟아지지도 않을 폭포를 기다리는 대신 한 방울씩 떨어지는 물을 열심히 모아야 합니다.

큰 기회만 기다리느라 조급해 하지 마세요. 눈앞에 있는 작은 기회에 최선을 다하세요. 한 방울 한 방울이 모인 강물은 폭포를 우습게 받아줄 수 있습니다.

눈을 뜨면 차가운 바닥이다

현재 얼마나 힘을 갖고 있느냐는 진짜 문제가 아니다.
그보다는 내일 힘을 갖기 위해 오늘 무엇인가를 반드시 실행에 옮기는 것,
그것이 문제다.

♣

캘빈 쿨리지

꿈은 누구나 꿀 수 있습니다. 그리고 꿈속에서는 누구나 백만장자가 될 수도 있고, 모든 이들의 존경을 한 몸에 받는 사람이 될 수도 있습니다.

하지만 중요한 것은 현실입니다. 꿈에서 아무리 따뜻한 침대 속에 있었다고 하더라도 눈을 떴을 때 차가운 바닥에 웅크리고 있다면 아무런 소용이 없습니다.

이제는 웅크렸던 몸을 추스르고 일어나야 할 때입니다. 한 발 한 발 내딛으세요. 언제까지 꿈속만 헤매고 있을 작정인가요?

42.195킬로미터를 위한 10킬로미터

**목표는 반드시 원대하게 잡아야 하지만
자신의 능력을 살펴가면서 점진적으로 접근해야 한다.**

♣

주희

42.195킬로미터라는 마라톤을 처음부터 완주하기란
쉽지 않습니다. 먼저 10킬로미터까지 달리는 것을 목
표로 하고, 그 다음에는 20킬로미터, 30킬로미터, 그
리고 42.195킬로미터, 이런 식으로 목표를 잡아야 하
는 것이지요.

당신이 무슨 일을 하든 마찬가지입니다. 장기목표를
세웠다면 단번에 그것을 이루려고 하지 마세요. 그
목표로 나아가기 위한 단기목표를 세우세요. 단기목
표를 하나씩 이루고 성취한 단기목표를 연결하면 자
연스럽게 장기목표에 도달할 수 있을 테니까요.

에너지와 노하우의 승부

나이가 든다는 것은 등산하는 것과 같다.
오르면 오를수록 숨은 차지만 시야는 점점 넓어진다.
♣
잉그마르 베르히만

이제 막 마라톤을 처음 해보는 청년과 몇 번 경험해본 중년이 있습니다. 당신은 누가 이길 거라고 예상하나요? 당연히 혈기가 왕성한 청년이 이길 것이라 예상하는 이들이 많겠지요. 하지만 승부는 판가름이 나기 전까지 모르는 거랍니다.

물론 청년의 넘치는 힘과 투지는 대단한 것이지만 중년의 경험과 노하우 역시 무시할 수 없어요. 오히려 에너지보다 노하우가 우위일 때도 적지 않습니다.

따라서 나이는 숫자에 불과한 것입니다. 나이가 들어 부족해진 것이 있다면 그 빈자리를 나이가 들어 새로 얻은 것으로 채우면 됩니다.

기회는 아직 많다

내가 걷는 길은 험난하고 미끄러웠다. 그래서 나는 자꾸만 넘어지곤 했다.
길바닥 위에 엎어지곤 했다. 그러나 나는 곧 기운을 차리고 나 자신에게 말했다.
"괜찮아, 길이 약간 미끄럽긴 해도 낭떠러지는 아니잖아."

♣

에이브러햄 링컨

좋은 기회를 항상 잡을 수는 없습니다. 때로는 기회를 잡으려고 점프하다가 미끄러지기도 하고 넘어지기도 하겠지요. 하지만 너무 낙담하지 마세요. 당신을 찾아올 기회는 그게 다가 아니니까요.

링컨처럼 걷고 있는 길이 험난하고 미끄럽기는 하지만 낭떠러지는 아닌 것에 위안을 삼으세요. 그리고 주저앉아 있을 시간 동안 한 번 더 점프하기 위해 준비하세요.

내 앞길을 내가 막아선다?

당신이 바라거나 믿는 바를 말할 때마다 그것을 가장 먼저 듣는 사람은 당신이다.
그것은 당신이 가능하다고 믿는 것에 대해 당신과 다른 사람 모두를 향한 메시지다.
스스로에 한계를 두지 마라.

♣

오프라 윈프리

결승선을 통과하기 위해 열심히 달리고 있는데 당신
과 똑같이 생긴 사람이 나타나 당신의 앞길을 막는다
고 생각해보세요. 당신은 분명 더 달릴 수 있는데도
길을 막고 있는 사람이 "더 달릴 수 없어" 하고 말하는
거예요. 얼마나 황당하겠어요?

그런데 당신은 스스로 이와 같은 일을 종종 저지르고
있답니다. 어떤 일을 할 때 '아마 난 안 될 거야' 하고
스스로 한계를 정한 적이 분명 있을 테니까요. 그런
생각이 들 때마다 다시 한 번 고민해보세요. 내면의
당신이 할 수 있다고 소리치는 것을 무시하고 있지는
않은지 말이에요.

싫어하는 사람의 도움도 필요하다

세 명이 함께 길을 간다면 거기에는 반드시 나의 스승이 있다.
그들의 좋은 점은 골라서 배우고 나쁜 점은 골라서 나 자신을 고치는 것이다.

공자

인생에서 성공하기 위해서는 사람의 힘도 필요합니다. 그런데 필요한 사람을 당신이 끔찍하게 싫어한다면 어떻게 해야 할까요?

간단한 방법이 있습니다. 그의 장점을 억지로라도 찾아내는 것입니다. 당신은 분명 어떤 한 가지 때문에 상대를 싫어하게 되었을 것입니다. 그 싫어하게 된 이유는 일절 생각하지 말고 좋은 점만 바라보기 위해 노력해보세요. 그리고 그 점을 칭찬해주면서 가까워지세요.

어느 순간 그는 당신에게 가장 큰 도움을 주는 사람으로 변해 있을지 모릅니다.

서로 다를 수밖에 없다

나는 인간의 행동을 경멸하거나 탄식하거나 비웃지 않고,
다만 이해하기 위해 끊임없이 노력해왔다.

♣

바루흐 스피노자

상대는 자신이 아니기 때문에 서로 다를 수밖에 없습니다. 그런데 살다 보면 이 다른 점을 맞춰야 할 순간도 오게 마련입니다. 내가 상대의 의견에 맞추거나 상대가 내 의견에 맞춰야 하는 것입니다. 대부분 상대가 내 의견에 맞추기를 원합니다. 그래서 우리는 설득이라는 방법을 사용합니다.

그런데 이때 중요한 것은 상대를 나에게 맞추기 위해서는 역설적으로 내가 상대에게 맞춰야 한다는 사실입니다. 많은 사람들이 상대를 설득할 때 실수하는 것 중 하나가 내 입장, 생각, 감정만을 전달한다는 점입니다. 그러면 오히려 반감만 불러일으키기 쉽습니다. 상대의 생각과 감정을 들어주면서 방법을 제시할 때 상대는 당신에게 넘어오게 되어 있습니다.

존중으로 얻을 수 있는 깨달음

눈물 흘리지 마라, 화내지 마라. 이해하라.

♣

바루흐 스피노자

때로는 상대의 행동이 눈에 안 찰 때도 있을 것입니다. 하지만 이해하고, 인정하고, 존중해주세요. 꼭 지적이 아니더라도 존중으로 상대를 올바른 길로 이끌 수 있는 방법은 얼마든지 있습니다.

오히려 상대는 당신의 비판보다 존중에 더 큰 깨달음을 얻게 될 것입니다. 그리고 그 깨달음은 반드시 당신에게 배로 돌아올 것입니다.

단점으로 단점을 공격한다

남의 단점은 간곡히 감싸주어야 하니,
만약 드러내어 남들에게 알린다면
자기의 단점으로써 단점을 공격하는 셈이다.

♣

홍자성

남을 흉보는 것과 이리저리 말을 옮기는 것을 즐기는
사람이 있습니다. 이들은 다른 사람의 단점을 흉보지
만 다른 사람을 흉보는 것이야말로 제일 큰 단점이라
는 것을 모르고 있는 것입니다.

다른 사람의 부족함을 함부로 지적하지 마세요. 남들
도 똑같이 어딘가에서 당신의 흉을 보고 있을지도 모
릅니다. 당신이 한 행동은 그대로 다시 당신에게 되
돌아간다는 사실을 잊지 말아야 합니다.

신일 수 없음에

당신 자신도 당신 뜻대로 할 수 없는데
남들을 당신 뜻대로 만들 수 없다고 화내지 말라.

♣

토머스 아 켐피스

당신이 모든 일에 완벽할 수 없듯이 누구에게나 부족한 점이 있게 마련입니다. 그런데도 사람은 자신의 부족함은 내수롭지 않게 생각하면서 남의 부족함에만 예민한 경향이 있습니다.

자신에게 관대한 만큼 남에게도 관대해져 보세요. 그들도 당신과 마찬가지로 신이 아닌 인간이라는 것을 항상 기억하세요. 당신에게 쏟아지는 눈빛들이 훨씬 부드러워져 있을 것입니다.

감당할 수 있을 만큼의 시련

비록 삶은 고난으로 가득하지만
사람은 그 모든 고난을 극복할 수 있는 힘을 가지고 있다.

♣
헬렌 켈러

'신은 감당할 수 있는 만큼의 시련만 주신다'는 말이 있습니다. 이것은 정말 사실입니다. 지금껏 잘 버텨 온 당신이 그 증인이기 때문입니다.

생각해보세요. 당신은 이전에도 도저히 헤어 나올 수 없을 것만 같은 절망의 구렁텅이에 빠져본 적이 있을 것입니다. 그때 당시에는 모든 게 끝인 줄 알았겠지요. 하지만 지금 보세요. 결국 이렇게 이겨내지 않았어요?

이러고 있는 와중에도 분명 고난을 겪고 있는 이들이 있을 것입니다. 걱정하지 마세요. 미래의 당신은 분명히 이겨내고 활짝 웃고 있을 테니까요.

손가락 하나라도 움직일 수 있다면

**인생에서 실패한 사람 중 다수는
성공을 목전에 두고도 모른 채 포기한 이들이다.**

♣

토머스 에디슨

최선을 다했다고 생각하는데도 이루지 못한 것이 있다면 다시 한 번 생각해보세요. 여전히 당신이 할 수 있는 일이 하나라도 남아 있는지 말이에요. 손가락 하나라도 움직일 수 있는 힘이 있다면 아직 끝이 아닙니다. 당신을 위한 '신의 한 수'는 아직 남아 있습니다. 포기하지 마세요.

이제 곧 당신의 차례다

우리 모두는 인생에서 만회할 기회라 할 수 있는 큰 변화를 경험한다.

♣

해리슨 포드

남들에게 찾아오는 기회를 바라보며 부러워하지 마세요. 당신의 기회도 다가오고 있으니까요.

이때 단순히 애타게 기다리기보다 그 순간을 즐기는 것도 중요합니다. 당신의 기회가 찾아왔을 때 얼마나 행복할지 상상하면서 말이에요.

이제 곧 당신의 차례가 올 것입니다.

1센티만 더 파면 우물이 나온다

어떤 사람들은 목표에 거의 다다른 시점에서 계획을 포기한다.
반면에 어떤 사람들은 마지막 순간에 전보다
더 열정적인 노력을 쏟아부음으로써 승리를 거머쥔다.

♣

헤로도토스

원대한 꿈을 꾸고 그 꿈을 위해 달려온 당신, 아직까
지도 이루어지지 않아 모든 것을 포기하고 싶나요?
정말 포기하고 싶다면 한 번만 더 생각해보세요. 앞
으로 1센티미터만 더 파면 우물이 나올 거라고 말이
에요.

실제로 많은 사람들이 성공을 목전에 놓고 포기하고
는 합니다. 성공한 사람과 실패한 사람의 차이는 바
로 여기에 있습니다. 1센티미터를 더 팠느냐, 1센티
미터 앞에서 삽을 던져버렸느냐에 말입니다.

낯선 풍경의 즐거움

아무것도 변하지 않을지라도 내가 변하면 모든 것이 변한다.

♣

오노레 드 발자크

사람들은 보통 익숙한 것만 하길 원하고 조금의 변화
를 겪는 것도 두려워합니다.
하지만 매번 왔다 갔다 하는 길만 다녀서는 새로운 광
경을 볼 수 없습니다. 조금 무섭더라도 이제까지는
가보지 않은 옆길로 가보세요. 새로운 풍경에 눈이
즐거워질 것이며, 그 길이 가고자 했던 목적지의 지름
길이었다는 뜻밖의 행운을 얻을 수도 있습니다.

평생을 위한 21일

습관보다 강한 것은 없다.

♣

오비디우스

21일은 어떠한 행동이 사람의 몸에 습관으로 드는 기간이라고 합니다. 채 한 달도 되지 않는 기간 동안 꾸준히 노력하면 그 다음부터는 노력하지 않아도 평생 누릴 수 있다는 것입니다. 21일을 두사해서 평생이라니, 이만큼 효율성이 좋은 것도 없겠지요.

평생에 비하면 21일은 턱없이 짧은 시간입니다. 당신의 평생을 위해 21일만 투자하세요.

실력은 스스로 만든다

37년간 하루도 빠짐없이 14시간씩 연습했는데 그들은 나를 천재라고 부른다.

♣

파블로 데 사라사테

르네상스 시대의 화가 미켈란젤로는 세기의 작품 〈천지창조〉, 〈최후의 심판〉 등을 그려 아직까지 천재 화가라는 칭송을 받고 있습니다.

하지만 미켈란젤로는 사실 천재가 아니었습니다. 그림 실력을 갈고닦기 위해 밤낮없이 노력한 사람이었습니다. "내가 그림실력을 갈고닦기 위해 얼마나 열심히 노력하는지 사람들이 안다면 나를 전혀 부러워하지 않을 것이다"라는 말을 했을 정도로 말입니다.

실력은 타고나는 것이 아닙니다. 스스로 만들어내는 것입니다. 당신도 미켈란젤로나 사라사테처럼 할 수 있습니다.

새는 머리 위에 둥지를 틀지 못한다

**새가 머리 위를 지나가는 것은 막을 수 없다.
그러나 내 머리 위에 둥지를 트는 것은 막을 수 있다.**

♣

마틴 루터

나쁜 생각이란 머리 위를 지나가는 새와 같아서 스치는 것을 막을 수는 없습니다. 하지만 새가 머리 위에 둥지를 틀지 못하도록 막을 수는 있는 것처럼 나쁜 생각이 머릿속에 자리 잡지 않도록 막을 수도 있습니다.

당신의 머릿속이 나쁜 생각으로 꽉 차지 않도록 관리하세요. 나쁜 생각이 떠오른다면 그냥 스쳐 지나가 버리도록 해야 합니다.

당신을 움직이게 하는 원동력

열정은 노력의 어머니이며 열정 없이는 위대한 것을 성취할 수 없다.
인생은 단 한 번뿐이다.
무사안일하게 사는 것보다는 이 세상에서 무슨 일인가를 한번 이루기 위한
모험을 시도하는 것이 우리의 인생에 걸맞다.

♣

프랭클린 루스벨트

결승선을 통과하기 위해서는 일단 무조건 결승선을 통과하겠다는 열정이 있어야 합니다. 꼭 결승선을 통과해야 하는지에서부터 회의감이 든다면 결승선을 통과하기 어렵습니다. 목표에 대한 열정 자체가 없으니 괜히 이곳저곳을 기웃거리게 되고, 중간에 포기하기도 쉽기 때문입니다.

원대한 꿈을 품었다면 그것에 대한 열정을 잃지 마세요. 열정은 당신의 꿈을 이루기 위한 기본 바탕이자 가장 중요한 요소입니다.

토끼의 게으름과 거북이의 성실함

오늘 나의 불행은 언젠가 잘못 보낸 시간의 보복이다.

♣

나폴레온 힐

성실함은 그 어떤 것보다도 강력한 무기입니다.

거북이의 느림을 비웃었던 토끼는 결국 거북이의 성실함에 패하고 말았습니다. 자신의 빠른 능력만 믿고 게으름을 피웠던 탓이지요.

당신은 능력만 믿고 낮잠을 자다가 패배한 토끼가 되고 싶은가요? 아니면 능력은 조금 부족하더라도 끝까지 열심히 달려 마침내 승리한 거북이가 되고 싶은가요?

스스로 떠먹어야 한다

학문하는 길에는 방법이 따로 없다.
모르는 것이 있으면 길을 가는 사람이라도 붙잡고 묻는 것이 옳다.
비록 하인이라도 나보다 글자 하나라도 많이 알고 있으면 그에게 배워야 한다.

♣
박지원

무언가를 배우고자 할 때 당신은 어떤 자세를 취하나
요? 모르는 것이 있으면 먼저 물어보나요? 아니면 가
르쳐주는 것만 그대로 받아들이나요?

배우고자 하면서 배울 자세가 되어 있지 않은 사람
이 너무나도 많습니다. 오히려 가르치는 사람이 더
안달복달하곤 하지요. 질문이 있으면 하라고 아무리
닦달해도 서로 눈치만 봅니다. 또 혹시라도 선생님
과 눈이라도 마주칠까 봐 애꿎은 책상만 바라보기도
하고요.

누군가 떠먹여 주는 것만 받아먹어서는 떠먹는 법을
배울 수 없습니다. 처음에는 조금 흘릴지라도 스스로
떠먹으려고 하는 자세가 필요합니다. 언젠가 아무런
도움 없이도 완벽하게 떠먹을 수 있는 날이 올 것입
니다.

성공과 실패는 당신 책임이다

변명을 잘하는 자는 다른 어떤 것도 잘할 수 없다.

♣

벤저민 프랭클린

결승선을 향해 뛰고 있는 당신, 어떻게 하면 잘 뛸 수 있을지 생각하는 것만으로도 당신의 뇌 용량은 부족합니다. 그런데도 잘 뛸 수 있는 방법을 생각하기는 커녕 거리가 너무 멀다는 둥 길이 험하다는 둥 투덜거리기 바쁜 사람들이 더 많습니다. 자신이 완주에 실패했을 때의 변명을 미리 생각하는 것이지요.

애써 실패했을 때의 변명을 준비한 사람을 위해 일은 정말 실패로 돌아갑니다. 반대로 잘 뛸 수 있는 방법을 고민한 사람을 위해서는 성공으로 돌아갑니다.

성공과 실패의 책임은 모두 당신에게 있습니다.

고통은 행복을 위해 존재한다

추녀 끝에 걸어놓은 풍경은 바람이 불지 않으면 소리를 내지 않는다.
바람이 불어야만 비로소 그윽한 소리를 낸다.
인생도 무사하고 평온하다면 즐거움이 무엇인지 알지 못한다.
힘든 일이 있기 때문에 비로소 즐거움도 알게 된다.

♣

홍자성

성공은 고난과 역경을 헤쳐야 얻을 수 있는 것입니다. 휴식은 치열하게 일하고 난 다음 취해야 달콤한 법입니다. 배고픔으로 괴로웠기 때문에 포만감은 행복하게 다가옵니다.

이처럼 고통은 결국 당신을 행복하게 만들기 위해 존재하는 것입니다. 고통이 없다면 행복도 당연하게 받아들여져 진정한 기쁨으로 다가올 수 없습니다. 고통을 행복을 위한 것이라 생각하고 마땅히 이겨내세요.

매일 쉬는 것은 쉬는 것이 아니다

사람은 항상 일하지 않으면 안 된다.
사람이 일함으로써 살아간다면 의의도 행복도 모두 찾아낼 수 있다.

♣

안톤 체호프

아무리 맛있는 음식이라도 매일 먹으면 질리는 법입
니다. 아무리 예쁜 옷이라도 매일 입으면 질리는 것
도 마찬가지지요. 이처럼 아무리 좋은 것이라 해도
희소가치가 없다면 좋다는 것을 느끼지 못할 수밖에
없습니다.

누구나 일하기보다는 쉬기를 원합니다. 하지만 일을
하기 때문에 쉬기를 원한다는 것을 알아야 합니다.
쉬기만 하는 사람들은 일한 다음 쉬는 것이 가져다주
는 행복을 느낄 수 없습니다. 그들은 지루함과 무료
함에 몸부림을 치고 있을지도 모릅니다.

당신이 지금 일하고 있다는 것에 감사하세요. 그리고
일한 다음 쉬는 것에서 느낄 수 있는 단물 같은 행복
에 감사하세요.

치열하게 겪은 전쟁의 흔적

**내가 그림실력을 갈고닦기 위해 얼마나 열심히 노력하는지 사람들이 안다면
나를 전혀 부러워하지 않을 것이다.**

♣

미켈란젤로 부오나로티

먼저 결승선을 통과한 사람들을 보며 당신은 부러워
할 것입니다. 하지만 그들이 어떻게 결승선을 통과할
수 있었는지 그 과정을 생각하면 전혀 부러워하지 않
게 될지도 모릅니다. 누구보다 열정적이고 치열하게
뛰었다는 것을 알게 될 테니까요.

대부분의 사람들은 이렇듯 성공한 이들의 결과만 바
라봅니다. 그리고 그들은 천재이기 때문에 성공할 수
있었던 것이고, 자신은 천재가 아니기 때문에 성공하
기 힘들지도 모른다고 생각합니다. 그만큼 비겁한 생
각도 없는데 말이지요. 성공한 사람들은 결코 천재가
아닙니다. 그들은 눈물과 땀으로 원하는 것을 이룬
노력가입니다.

그들의 승리만 바라보지 말고 치열하게 겪은 전쟁의
흔적들을 바라보세요.

흔들리지 않는 자신감

준비에 실패하는 것은 실패를 준비하는 것이다.

♣

벤저민 프랭클린

무슨 일을 하든 자신감에 차 있는 사람들이 있습니다. 이들의 자신감은 괜히 나온 것이 아닙니다. 스스로에게 떳떳할 만큼 철저히 준비해야 비로소 자연스럽게 나온 것입니다.

이렇게 나온 자신감은 억지로 꾸며내거나 근거가 없는 자신감과는 차원이 다릅니다. 그 자신감은 조금만 흔들려도 무너지게 마련입니다. 하지만 철저한 준비 속에서 자연스럽게 나온 자신감은 절대 흔들리지 않습니다. 그리고 하고자 하는 일을 끝까지 밀고 나갈 수 있는 힘이 되어줍니다.

이자보다 더 큰 이익

지위 향상을 위해 재산을 아끼지 마라.
젊은이가 해야 할 일은 돈을 모으는 것이 아니라
그것을 사용하여 장차 쓸모 있는 사람이 되기 위한 지식을 모으고 훈련하는 것이다.

♣

헨리 포드

절약은 살아가는 데 꼭 필요한 요소 중 하나입니다.
미래의 당신의 생활을 더욱 풍요롭게 만들어줄 수 있지요.

하지만 절약하지 않아도 될 것까지 절약하는 사람들도 있습니다. 무언가를 배우는 데도 다시 생각해보고, 손을 벌벌 떠는 사람들이 그들입니다.

배우기 위해 투자하는 돈은 절대 아까운 것이 아닙니다. 배움에 투자해 얻은 전문성이 당신이 투자한 돈의 몇 배로 돌아올지는 아무도 모릅니다. 모르긴 몰라도 은행에 저축해서 고작 몇 프로의 이자를 받는 것보다 훨씬 더 큰 이익을 안겨줄 것은 확실합니다.

습관이 운명을 만든다

우리가 반복적으로 행하는 것이 우리 자신이다.
그렇다면 탁월함은 행동이 아닌 습관인 것이다.

♣

아리스토텔레스

일단 습관이 든 행동은 무의식적으로 하게 될 수밖에 없습니다. 따라서 좋은 습관을 들이느냐, 나쁜 습관을 들이느냐는 상당히 중요합니다.

자신이 의식하지 못한 사이에 나쁜 행동을 계속적으로 한다면 어떻게 될까요? 당신의 인생이 어느 순간 확 틀어져 버릴지도 모릅니다.

반복해서 하는 행동은 습관이 되고, 습관은 당신의 운명이 된다는 것을 잊지 말아야 합니다.

습관은 마음대로 관리할 수 있다

네 믿음은 네 생각이 된다. 네 생각은 네 말이 된다.
네 말은 네 행동이 된다. 네 행동은 네 습관이 된다.
네 습관은 네 가치가 된다. 네 가치는 네 운명이 된다.

♣

마하트마 간디

습관이 우리의 인생을 좌우한다면 당연히 관리해야
할 필요가 있습니다. 습관은 고치기 힘든 것이기는
하지만 아예 고칠 수 없는 것은 아닙니다.

나쁜 행동을 오랫동안 반복해서 습관이 되었다면
그 반대되는 좋은 행동을 다시 오랫동안 반복하면
됩니다.

나쁜 습관은 없지만 그냥 일부러 좋은 행동을 반복해
서 습관으로 만들어도 좋습니다. 분명 당신의 인생에
도움이 될 것입니다.

욕망에 깃든 엄청난 힘

과도한 욕망보다 큰 참사는 없다.
불만족보다 큰 죄는 없다.
탐욕보다 큰 재앙은 없다.

♣

노자

욕망에는 엄청난 힘이 깃들어 있습니다. 욕망은 모든 일의 시작이며 원동력이 됩니다. 당신이 무슨 일을 하든 그 일을 하고자 하는 욕망이 있어야만 최선을 다 할 것입니다.

하지만 욕망에는 좋은 욕망만 있는 것이 아닙니다. 나쁜 욕망도 분명히 있습니다. 이 나쁜 욕망은 품지 않도록 항상 경계해야 합니다. 나쁜 욕망에도 나쁜 일을 실현시킬 수 있는 힘이 들어 있기 때문입니다.

욕망을 품되 그것이 당신의 삶에 긍정적인 변화를 일으키는 욕망인지 판단하세요. 불필요한 욕망은 경계하고 절제해야 합니다.

구슬은 꿰어야 보배다

아는 자들이여, 실천하라.

♣

아리스토텔레스

당신이 열심히 노력해서 좋은 물건을 얻게 되었다고 생각해보세요. 그런데 그것을 가지고만 있으면 무슨 소용이 있을까요? 어떻게든 써먹어야 의미가 있을 겁니다.

지식도 물건과 마찬가지입니다. 머릿속으로 가지고 있기만 하고 어떤 일에 쓰지 못하면 아무런 소용이 없게 되어버립니다.

아는 것을 실천하세요. 당신이 가지고 있는 문제에 적극적으로 활용하세요. 그것은 어떻게든 당신을 도와줄 것입니다.

가르치면서 배워야 한다

이해하는 자들이여, 가르쳐라.

♣

아리스토텔레스

새로운 지식을 습득한 당신, 그것을 그대로 둔다면 결코 당신의 것이 될 수 없습니다. 배운 지식을 진정한 당신 것으로 만들기 위해서는 그것을 다시 당신 말로 바꿀 수 있어야 합니다. 남들이 말한 것을 그대로 따라 하는 일은 누구나 할 수 있습니다. 그리고 그것은 이해하지 못했을 때 쓰는 방법입니다.

배운 지식이 당신의 머릿속을 통과해서 당신만의 말로 나올 수 있도록 노력해보세요. 제일 좋은 방법은 다른 사람들을 가르쳐보는 것입니다. 다른 사람에게 알려주는 동시에 당신은 진정으로 이해할 수 있게 됩니다.

뜸을 들여야 밥이 맛있다

힘보다는 인내심으로 더 많은 일을 이룰 수 있다.

♣

에드먼드 버크

맛있는 밥을 짓기 위해서는 밥이 완성되고 나서도 뜸 들이는 일이 필요합니다.

당신의 성공한 인생을 위해서도 마찬가지입니다. 한순간에 성공할 수 있는 일은 별로 없습니다. 때로는 꿈을 꾸는 데만 몇 년이 걸릴 수도 있고, 그 꿈을 이루기 위한 과정에서 또다시 몇 년이 걸릴 수도 있습니다.

기다리는 법을 배우세요. 재촉한다고 해서 안 될 일이 잘될 리는 없습니다.

그른 행동이 일을 망친다

모든 문제에는 인내가 최고의 해법이다.

♣

플라우투스

어떤 일에 관해서 아무것도 할 수 없어 답답했던 적이
있을 것입니다. 마냥 기다리기만 하는 것이 쉬운 일
은 아닙니다. 하지만 기다려야 할 때는 기다릴 줄도
알아야 합니다. 당신의 그른 행동 때문에 오히려 일
이 잘못될 수도 있습니다. 할 수 있는 일이 없다면 하
늘에게 맡기고 기다려보세요. 기다림에 대한 보상은
분명 주어질 것입니다.

나무를 가지치기하는 이유

예술이란 모든 불필요한 것들을 제거해나가며
그 밑에 숨겨져 있는 참된 의미를 선명하게 진술해내는 것이다.

♣

앨프리드 스티글리츠

누군가 나무의 가지를 자르는 것을 본 적이 있나요?
어떤 사람은 그가 나무를 괴롭히기 위해 그런 일을 저
지르는 것이라 생각할 수도 있겠지만 실은 그렇지 않
습니다. 오히려 그는 나무를 위한 일을 하는 것입니
다. 나무에는 좋은 가지뿐 아니라 쓸데없고 병든 가
지도 있습니다. 이 가지들을 그냥 두면 나무 전체가
병들 수도 있고 좋은 열매를 맺기 힘들게 됩니다.

나무의 쓸모없는 가지를 가지치기하는 것처럼 당신
이 갖고 있는 불필요한 가지도 잘라낼 필요가 있습니
다. 열등감, 두려움, 분노, 불안감 등이 그것입니다.
병든 가지가 당신 전체를 잠식해 해를 끼치기 전에 얼
른 잘라버리세요.

사람은 컴퓨터가 아니다

**성공의 첫 번째 요건은 육체적, 정신적 에너지를 낭비하지 않으면서
하나의 문제에 집중할 수 있는 능력이다.**

♣

토머스 에디슨

컴퓨터로는 멀티태스킹 작업이 가능합니다. 인터넷 서핑을 하면서 음악을 감상할 수도 있고 문서 작업을 할 수도 있습니다.

하지만 사람은 컴퓨터가 아닙니다. 이 일을 했다가 저 일을 했다가 하다 보면 어느 한쪽 일도 쉽게 끝내지 못할 가능성이 커집니다. 사람에게는 멀티태스킹 능력보다 집중력이 필요한 법입니다. 한 가지 일을 집중해서 끝낸 다음 또 다른 일을 집중해서 끝내면 이 것저것 만져보는 것보다 효율성을 높일 수 있고 시간도 절약할 수 있습니다.

상대는 빈틈을 파고든다

발견은 준비된 사람이 맞닥뜨린 우연이다.

♣

얼베르트 센트죄르디

남보다 조금 앞서서 달린다면 언젠가 추월당할 가능성이 클 수밖에 없습니다. 상대를 확실히 제압하기 위해서는 감히 따라잡지도 못 할 만큼 앞서 가야 합니다. 그리고 그것은 완벽하게 준비되었을 때 가능한 일입니다.

무슨 일에서든 어설픈 준비는 화를 부르는 법입니다. 상대는 당신이 빈틈을 보이면 그곳을 정확히 파고들어 갈 것입니다. 상대가 빈틈을 찾지 못하도록 완벽한 준비로 당신을 꽁꽁 감싸 보호하세요.

59세에 벼슬길에 오른 남자

**재주가 남만 못하다고 스스로 한계를 짓지 말라.
나보다 어리석고 둔한 사람도 없겠지만 결국에는 이름이 있었다.
모든 것은 힘쓰는 데 달렸을 따름이다.**

♣

김득신

다독왕으로 알려진 백곡 김득신의 이야기를 알고 있나요? 많은 사람들이 그를 훌륭한 문신으로만 알고 있을 뿐 그 속사정은 잘 알지 못할 것입니다.

김득신은 태어날 때부터 머리가 좋지 않았으며, 천연두까지 앓게 되어 열 살이 되어서야 겨우 글을 배우기 시작했다고 합니다. 또한 장성한 이후에도 돌아서면 배운 걸 잊어버릴 정도로 기억력이 좋지 않았습니다. 주위에서 모두 과거시험 보는 것을 포기하라고 말할 정도였지요. 하지만 김득신은 포기하지 않았습니다. 결국 환갑이 다 된 59세가 되어서야 과거에 급제해 벼슬길에 오를 수 있었답니다.

당신도 한계에 도전해보세요. 당신이 생각하는 노력의 한계, 상식적인 노력의 한계를 뛰어넘었을 때부터 일이 술술 풀릴 수도 있습니다.

자물쇠는 이제 곧 열린다

종종 열쇠 꾸러미의 마지막 열쇠가 자물쇠를 연다.

♣

필립 체스터필드

하나의 자물쇠를 열기 위한 열쇠 꾸러미가 던져졌다고 생각해보세요.

엄청나게 많은 열쇠에 어떤 사람은 시작하기도 전에 포기하고 말 것입니다. 이들은 항상 성공의 근처에도 가지 못할 것이 뻔합니다.

또 어떤 사람은 팔을 걷어붙이고 하나하나 열어보기 시작합니다. 꽤 오랫동안 끈질기게 열쇠를 돌려보지만 자물쇠는 쉽게 열리지 않습니다. 그리고 안타깝게도 열쇠가 하나 남았을 때 포기해버리고 말지요. 대부분의 사람들이 여기에 해당합니다.

그런데 자물쇠는 마지막 열쇠에 열리는 경우가 많습니다. 성공한 사람들은 마지막 하나 남은 열쇠까지도 돌려본 이들입니다.

한 걸음만 더 나아가세요. 당신이 생각한 성공의 지점이 바로 거기에 있을 겁니다.

커피를 로스팅하는 이유

세상은 고통으로 가득하지만 그것을 극복하는 사람들로도 가득하다.

♣

헬렌 켈러

맛있는 원두 커피를 마시기 위해서는 먼저 생두를 볶아 원두를 만드는 로스팅 과정이 필요합니다. 아무리 좋은 생두라 해도 볶지 않으면 그 향을 이끌어내기 어렵지요.

사람도 볶기 전의 생두와 마찬가지입니다. 저마다 영혼에 그윽한 향을 품고 있지만 볶이지 않으면, 시련을 견뎌내지 않으면 품고 있는 향기를 내뿜을 수 없습니다.

고난과 역경 속에서 당신이 가지고 있는 무한한 잠재력은 더욱 발휘될 것입니다. 당신에게 주어진 고통을 커피의 로스팅 과정이라고 생각해보세요.

해와 달이 따라다닌다

내가 세상을 위해서가 아니라 세상이 나를 위해서 있다.

♣

토비아스 스몰렛

당신은 광활한 우주의 미세먼지와도 같은 작은 존재
입니다. 하지만 이 거대한 우주는 오직 작은 당신을
위해 움직이고 있습니다. 당신이 존재하지 않으면 이
세상도 존재하지 않습니다. 당신이 어딜 가든 해와
달은 항상 당신을 따라다닙니다.
기억하세요. 당신은 이 거대한 세상의 중심입니다.

운명의 열쇠는 당신이 쥐고 있다

인격, 즉 스스로 인생에 대해 책임지려는 의지는
자아를 존중하는 마음이 솟는 원천이다.

♣

조앤 디디온

당신의 인생은 그 누구의 것도 아닌 바로 당신의 것입
니다. 그렇게 소중한 당신만의 인생을 함부로 낭비하
지 마세요. 스스로의 인생을 누구보다 멋지게 만들겠
다는 각오를 다지세요. 당신의 인생에 책임감을 가질
때 인생은 더욱 멋지게 그려져 당신에게 보답할 것입
니다.

문을 두드리고 기다리다 보면

꾸준히 참는 사람에게는 반드시 성공이라는 보수가 주어진다.
잠긴 문을 한 번 두드려 열리지 않는다고 돌아서서는 안 된다.
오랜 시간 동안 문을 두드려보라.
반드시 누군가가 잠에서 깨어나 문을 열어줄 것이다.

♣

헨리 롱펠로

인생은 기다림의 연속이라고 해도 과언이 아닙니다. 당신이 무엇인가를 이루기 위해 노력하는 과정이 사실은 모두 인내의 과정이라고 할 수 있지요.

당신에게 아무리 좋은 능력과 환경이 주어졌다고 해도 때를 기다리지 못하면 아무런 소용이 없습니다. 포기하고 싶어지는 순간 한 번만 더 인내해보세요. 애타게 문을 두드리고 기다리다 보면 결국 안에서 열리거나 언젠가 밖에서 주인이 열쇠를 가지고 올 수밖에 없으니까요.

결승선은 아직도 멀었다

여러 가능성을 먼저 타진해보라.
그런 후 모험을 하라.

♣

헬무트 폰 몰트케

당신의 인생 레이스는 단거리달리기가 아닙니다. 긴
호흡으로 달려야 하는 마라톤입니다. 그럼에도 불구
하고 곧 레이스가 끝날 것처럼 달리기나 선택을 하는
이들이 너무나도 많습니다. 잠시 멈춰 쉬이 가기라
도 하면 곧 낙오자가 되기라도 할 것처럼 불안해 하지
요. 그리고 얼마 못 가 지쳐버리고 맙니다.

길게 생각하세요. 멀리 내다보세요. 결승선은 아직도
멀었습니다.

문제를 피하면 더 큰 문제를 만난다

회피하면 문제가 더 악화될 뿐이다.

♣

새뮤얼 존슨

누구에게나 문제가 생기면 일단 피하고 보려는 습성이 있습니다.

하지만 문제가 생겼다고 해서 회피하면 다음에는 더 큰 문제를 만나게 됩니다. 먼저 만난 작은 문제를 해결하지도 못 한 채로 큰 문제를 해결할 수 있을 리 없습니다. 그런 일이 반복되다 보면 결국 나중에는 산더미처럼 쌓인 문제 덩어리에 짓눌려 주저앉게 되고 말 것입니다.

문제와 직면하게 되면 그것을 똑바로 바라보고 그 자리에서 해결하세요.

더 큰 열매를 맺기 위한 기다림

장애물 때문에 반드시 멈출 필요는 없다.
벽에 부딪혔을 때 돌아서서 포기하지 마라.
어떻게 벽에 오를지, 뚫고 갈 수 있을지, 돌아갈 순 없는지 생각해보라.
♣
마이클 조던

조금 천천히 도착한다고 해서 문제가 될 것은 없습니다. 당신은 남들보다 더 큰 열매를 맺기 위해 조금 늦어지는 것뿐입니다. 조금 늦었어도 실한 열매를 맺은 당신과 아직 여물지도 못 한 열매를 맺은 남을 비교했을 때 누가 더 크게 웃을 수 있을까요?

흔들리지 않는 산처럼

인생은 혼자서 태어나서 혼자서 살다가 혼자서 죽는 영원한 고아다.

법구

바람이 제아무리 거세게 불어도 산은 흔들리지 않습니다. 햇빛이 제아무리 강하게 내리쬐어도 바닷물은 마르지 않습니다.

당신 역시 흔들리지 않는 산처럼, 마르지 않는 바닷물처럼 수많은 역경이 닥치더라도 당신만의 길을 묵묵히 걸어가야 합니다.

열 번으로 부족하면 열한 번 찍는다

**단 1분도 더 버틸 수 없다고 느껴질 때, 그때야말로 포기해서는 안 된다.
바로 그런 시점과 위치에서 상황은 바뀌기 시작한다.**

♣

해리엇 비처 스토

열 번 찍어 안 넘어가는 나무가 없다고 했습니다. 아니, 혹시라도 안 넘어가면 어떻습니까? 열한 번 찍고, 그래도 안 된다면 열두 번 찍으면 되는 것을요.
이제 끝이라고 생각되는 순간에 한 번만 더 힘을 내보세요. 당신이 끝이라고 생각하는 순간이 시작이 되는 지점일지 모르니까요.

끝판왕을 깨기 위한 시험

목표를 이루겠다는 각오가 얼마나 단단한지,
얼마나 절박한지 보기 위해 우주는 우리를 시험한다.
조금만, 더 조금만 참고 견디면 된다.

♣

앤드류 매튜스

보통 게임의 처음 단계는 쉬워서 누구나 깰 수 있습니다. 하지만 쉬운 단계를 깨고 올라가면 올라갈수록 점점 어려워집니다. 왕과 싸우기 위해서는 그만한 실력이 있어야 하기 때문이지요. 게임은 점점 더 강한 상대를 내보내 당신이 왕과 싸울 만한 실력이 되는지 시험합니다.

인생에서 성공으로 가는 과정도 게임과 비슷합니다. 당신이 성공에 가까워질수록 고난과 역경은 더 커질 수밖에 없습니다. 점점 더 힘들어지는 상황에 포기하지 말고 성공에 가까워졌다고 생각하면서 그것을 기쁘게 받아들이세요.

위기 다음 찾아오는 결말

힘은 이기는 데서 오는 게 아니다.
지금 당신이 겪는 악전고투가 당신의 힘을 키운다.
고난을 겪으면서도 절대로 포기하지 않겠다고 결단하는 것,
그것이 바로 힘이다.

♣

아널드 슈워제네거

소설은 사실 또는 작가의 상상력에 바탕을 두고 허구적으로 이야기를 꾸며 나간 산문체의 문학 양식입니다.

허구이지만 보통 인간의 모습이나 사회상을 바탕으로 하는 소설에는 발단, 전개, 위기, 절정, 결말이라는 일정한 구성이 있습니다. 따라서 우리의 삶도 이와 같은 과정을 거친다고 할 수 있습니다.

당신의 인생에 위기가 찾아와도 너무 걱정하지 마세요. 그리고 더욱 힘을 내어 그것을 이겨내세요. 곧 결말이 날 것이라는 뜻이니까요.

급할수록 돌아가는 지혜

성급함에는 반드시 오류가 포함되어 있다.

♣

니시다 기타로

어려운 상황에 처한 당신, 한시라도 빨리 그 문제를 해결하고 싶겠지요. 하지만 급할수록 돌아가라는 말이 있습니다. 사람은 당황하거나 마음이 조급해지면 이성적인 생각을 할 수 없게 되어버립니다. 따라서 당신이 급한 마음에 선택한 길이 제대로 된 것일 확률은 턱없이 부족합니다. 먼저 마음을 가라앉힌 다음 이성적으로 돌아와 생각해도 늦지 않습니다. 오히려 급한 마음으로 잘못된 길을 선택했을 때 만회하는 일이 더 늦을 가능성이 높지요.

벼락부자의 후회

괴로움과 즐거움을 함께 맛보면서 연마하여 연마 끝에 복을 이룬 사람은
그 복이 비로소 오래가게 된다.

♣

홍자성

가난뱅이부터 시작해 부자가 된 사람은 돈이 없는 어
려움이 얼마나 어려운지 잘 알고 있습니다. 그래서
부자가 되어도 돈을 함부로 낭비하는 일이 없게 마련
입니다.

하지만 별 어려움 없이 부자가 된 사람은 돈의 소중함
을 모릅니다. 그래서 돈을 있는 대로 탕진해버린 나
음 뒤늦게 땅을 치고 후회합니다.

이처럼 고통이 녹아 있는 성공은 더욱 성숙한 법입니
다. 지금 당신을 찾아오는 고통을 기쁘게 받아들이세
요. 당신의 성숙한 성공을 위한 것이라 여기세요.

맹농아가 이루어낸 기적

눈이 먼 것보다 더 안 좋은 게 있을까?
있다. 볼 수는 있지만 비전이 없는 사람.

♣

헬렌 켈러

헬렌 켈러는 갓난아이였을 때부터 뇌척수막염으로
시각과 청각을 모두 잃고 말았습니다. 눈이 보이지
않는 채로, 귀가 들리지 않는 채로 공부를 한다는 것
은 거의 불가능에 가까운 일입니다. 하지만 헬렌 켈
러는 자신의 한계를 극복해냈습니다. 그리고 마침내
인문계 학사를 받은 최초의 시청각 장애인이 되었습
니다.
당신도 할 수 있습니다. 당신이 가진 한계를 극복해
보세요.

알은 깨뜨려야 한다

새는 알을 깨고 나온다.
알은 곧 세계다.
태어나려는 자는 한 세계를 파괴해야만 한다.

♣

헤르만 헤세

알에 있는 생명체가 밖으로 나와 새롭게 태어나기 위해서는 스스로 알을 깨뜨려야 합니다. 깨뜨리지 못하면 영원히 알인 채로 있을 수밖에 없습니다.
당신 역시 마찬가지입니다. 새롭게 변화하고 싶다면 과거의 자신을 과감히 부숴버리세요. 벽에 부딪치고 깨지는 것을 두려워한다면 절대 새롭게 태어닐 수 없습니다.

임신하고 출산하는 과정

**숙고할 시간을 가져라.
그러나 행동할 때가 오면 생각을 멈추고 뛰어들어라.**

♣

나폴레옹 보나파르트

당신이 꿈을 꾸고 그 꿈을 이루는 과정은 마치 아이를 임신하고 출산하는 과정과도 같습니다.

원대한 꿈을 품는 순간 당신은 뱃속에 태아를 잉태하게 됩니다. 그리고 태아가 건강하게 자랄 수 있도록 지루하고 긴 시간을 이겨내야 하지요. 이 시간을 잘 견딘 사람에게는 변화가 찾아옵니다. 마침내 출산할 때가 오는 것입니다.

출산의 고통은 엄청납니다. 하지만 오랜 시간 동안 기다린 아기를 보기 위해서는 반드시 거쳐야 하는 과정입니다. 그리고 기다리고 기다린 아이를 마침내 품에 안았을 때 느낄 수 있는 행복은 이루 말로 할 수 없습니다.

인생 레이스에서는 누구나 1등이다

인생에서 원하는 것을 얻기 위한 첫 번째 단계는
내가 무엇을 원하는지 결정하는 것이다.

♣

벤 스타인

인생은 마라톤과 같은 레이스이지만 다른 점이 하나 있습니다. 마라톤에서는 가장 빠른 기록을 세운 자만 1등이 될 수 있지만 인생에서는 누구나 1등이 될 수 있다는 점입니다.

남들보다 조금 늦게 결승선을 통과해도 괜찮습니다. 남들이 얼마나 빨리 달리는지에는 신경 쓰지 마세요. 오로지 자신만의 레이스에 집중하세요. 그리고 최선을 다해 결승선을 통과하기만 한다면 당신도 1등이 될 수 있습니다.

이미 누군가는 이겨냈다

슬픔은 누구든지 이겨낼 수 있다.
다만 그것을 이겨내지 못하는 사람만이 늘 슬퍼할 따름이다.

♣
윌리엄 셰익스피어

당신에게 찾아오는 고통이 오직 당신에게만 찾아오는 것이라 착각하지 마세요. 누구나 고통은 겪는 법입니다. 그것을 이겨내느냐 이겨내지 못하느냐가 성공할 수 있느냐 없느냐를 가르는 중요한 열쇠가 됩니다.

엄살 부리지 마세요. 이미 누군가는 당신이 겪은 고통을 이겨냈습니다. 당신도 할 수 있습니다.

영혼의 무게를 늘려야 한다

나 자신의 인간 가치를 결정짓는 것은
내가 얼마나 높은 사회적 지위나 명예
또는 얼마나 많은 재산을 갖고 있는가가 아니라,
나 자신의 영혼과 얼마나 일치되어 있는가다.

법정

지금 당신이 소유하고 있는 물질적 가치가 당신 자체의 가치를 결정할 수 있는 것은 아닙니다. 오히려 당신 영혼의 무게가 당신의 가치를 결정합니다. 물질적 가치는 곧 사라지지만 영혼의 가치는 영원히 사라지지 않습니다. 따라서 당신이 물질적으로 소유하고 있는 모든 것을 합한다 해도 영혼의 무게에는 턱없이 부족합니다.

당신이 영혼이 이끄는 대로 행한다면 당신 영혼의 무게는 점점 무거워질 것입니다. 그리고 그것이 무거우면 무거울수록 당신의 가치는 높아집니다.

영혼이 무엇을 원하는지 생각해보세요. 그리고 그것에 따르세요.

쓴맛이 다하면 단맛이 온다

고통이 남기고 간 뒤를 보라.
고난이 지나가면 반드시 단맛이 깃든다.

♣

요한 볼프강 폰 괴테

쓴맛 뒤에는 반드시 단맛이 있습니다. '고진감래苦盡甘來'라는 옛 선조들의 지혜를 기억하세요. 지금은 곧 죽을 것처럼 힘들겠지만 이 시기만 지나면 반드시 기쁨이 찾아옵니다. 그리고 그 쓴맛이 강하면 강할수록 단맛은 더욱 강하게 느껴질 것입니다.

궁극적으로 이루고자 하는 것

**왜 살아야 하는지를 아는 사람은
그 어떤 상황도 견뎌낼 수 있다.**

♣

프리드리히 니체

삶의 의미를 찾은 사람은 아무리 힘들어도 그 상황을 얼마든지 이겨낼 수 있습니다. 하지만 삶의 의미를 찾지 못한 사람은 아무리 힘들지 않아도 상황에 쉽게 져버릴 수밖에 없습니다.

무언가를 하고자 한다면 당신 삶의 의미부터 찾으세요. 그것이 고된 시련과 역경을 이겨낼 수 있도록 도와줄 것입니다.

당신이 인생에서 궁극적으로 이루고자 하는 것은 무엇인가요?

묘비명에 쓰여 있는 것

먼저 스스로에게 어떤 존재가 될 것인지 말하고
그런 후에는 스스로 해야 할 일을 하라.

♣

에픽테토스

당신은 이 세상에서 어떻게 살아가길 바라나요?

당신은 이 세상에서 어떤 존재가 되고 싶은가요?

당신은 이 세상에서 어떤 사람으로 기억되길 바라
나요?

당신은 당신의 묘비명에 어떤 사람으로 쓰여 있길 바
라나요?

당신이 달리고 있는 길

미래를 창조하기에 꿈만큼 좋은 것은 없다.
오늘의 유토피아가 내일의 현실이 될 수 있다.

♣

빅토르 위고

어딘가를 향해 열심히 달리고 있는 당신, 당신은 지금
자신이 진정으로 원하는 길을 달리고 있나요? 혹시
남들의 기대에 떠밀려 엉뚱한 길에서 헤매고 있진 않
나요? 왜 달리고 있는지 그 이유조차 모르고 있진 않
나요?

만약 그렇다면 지금이라도 당장 달리는 것을 멈추세
요. 그렇게 달려봤자 결승선에서 당신이 원하는 것을
얻을 수 없을 테니까요. 아직 늦지 않았습니다. 당신
이 진정으로 달리고 싶은 길을 찾아 달리세요. 그리고
두 팔을 벌려 기쁜 마음으로 결승선을 통과하세요.

당신의 주변에 흡혈귀가 있다

당신의 적을 주시하라.
그들은 항상 당신의 실수를 먼저 찾아낸다.
♣
안티스테네스

흡혈귀는 밤중에 무덤에서 나와 사람의 피를 빨아 먹는다는 전설상의 귀신입니다. 그런데 당신의 주위를 잘 살펴보면 전설에서만 존재하는 줄로만 알았던 흡혈귀를 심심찮게 찾을 수 있습니다.

당신의 긍정적인 요소를 빼앗고 부정적인 요소를 심어주는 이들이 바로 그들입니다. 그들은 항상 부정적인 말만 하며 당신이 나쁜 행동을 하게끔 유도합니다.

그들에게서 멀어지세요. 그들에게 목덜미를 물려 당신 역시 어느 순간 흡혈귀로 변해 있을지 모릅니다.

당신의 경쟁상대는 당신이다

**지금의 나와 다른 내가 되고 싶다면
지금의 나에 대해서 알아야 한다.**

♣

에릭 호퍼

인생 레이스에서 열심히 달리고 있는 당신, 앞서 나가는 상대를 따라잡기 위해 고군분투하고 있나요? 하지만 참된 위대함은 다른 사람보다 앞서 가는 데 있지 않습니다. 자신의 과거보다 한 걸음 앞서 나가는 데 있습니다.

앞서 나가는 남들은 신경 쓰지 마세요. 그보다 당신이 어제 뛴 것보다 더 많이 뛰는 것에만 집중하세요. 남들을 아무리 이겨도 자신을 이기지 못하면 아무런 소용이 없습니다.

당신의 진정한 라이벌

우리는 자신을 이김으로써 스스로를 향상시킨다.
자신과의 싸움은 반드시 존재하고, 거기에서 이겨야 한다.

♣

에드워드 기번

무엇보다 중요한 것은 자기 자신과의 싸움입니다.
자기 자신과의 싸움에서 이기는 것은 남들과의 싸움
에서 이기는 것과는 비교가 되지 않을 정도로 힘든 일
입니다. 따라서 그만큼 더 큰 노력도 필요하지만, 이
기고 나면 더 큰 보상이 주어지기도 합니다.
자기 자신과의 싸움에서 지지 마세요. 당신의 진정한
라이벌은 당신 자신입니다.

남들이 아무리 손가락질해도

먼저 자신의 가치를 발견하라.
이것만큼 소중한 것은 없다.
자신의 가치를 발견하지 못한 사람은 스스로를 함부로 대한다.

장자

다른 사람이 당신을 어떻게 생각하든 그것은 아무런
상관이 없습니다. 그들은 당신의 겉모습 혹은 단편적
인 모습만 보고 판단하는 경우도 많기 때문입니다.
중요한 것은 당신 스스로 지신을 어떻게 생각하느냐
입니다. 남들이 아무리 당신에게 손가락질해도 당신
은 스스로를 믿고 감싸주세요. 그 손가락질에 휘둘려
자기 자신의 가치를 폄하해서는 안 됩니다.
스스로가 자신의 가치를 인정할 때 남들도 그 사람의
가치를 인정할 수 있습니다.

두려움은 창조된다

우리가 느끼는 두려움은 대부분 머릿속에서 만들어낸 창작품입니다.
그걸 깨닫지 못하는 것뿐이지요.

♣

로랑 구넬

사람은 이것저것을 창조해 도구로 사용할 줄 아는 똑똑한 동물입니다. 여러 가지를 만들어 실생활에 유용하게 써먹고는 하지요. 하지만 사람이 항상 도움이 되는 것만 창조하는 것은 아닙니다. 두려움, 불안 등 부정적인 감정까지도 창조하곤 하기 때문입니다.

상황이나 환경 자체에 원래부터 두려움이 존재하는 것이 아닙니다. 그것을 바라본 당신이 스스로 두려움을 창조해내는 것입니다.

두려움을 만들어낸 것이 당신이라면 그것을 없앨 수 있는 것도 당신뿐입니다. 원래는 있지도 않았던 두려움 따위는 과감하게 없애버리세요.

텔레비전보다는 책이다

우리는 그 누구도 대신해줄 수 없는 여행을 한 후
스스로 지혜를 발견해야 한다.

♣

마르셀 프루스트

아무런 판단도 없이 남이 주입시키는 것을 그대로 받아들이는 일은 굉장히 위험합니다. 그것이 독인지 약인지는 스스로 판단하지 않는 이상 알 수 없습니다. 마냥 받아들였다가 독을 들이켜 낭패를 보기 십상입니다. 스스로 다시 한 번 되새겨보고 판단하는 일이 필요합니다.

텔레비전은 당신의 생각을 요구하지 않습니다. 당신이 별로 힘을 들이지 않아도 알아서 화면은 넘어갑니다. 반면 책은 당신의 생각을 요구합니다. 당신이 한 페이지의 내용을 온전히 이해했을 때만 스스로 책장을 넘길 수 있습니다.

텔레비전을 볼 시간에 책을 보세요. 주체적인 활동을 하세요.

귀한 보석과 하찮은 돌멩이

스스로 존경하면 다른 사람도 그대를 존경할 것이니라.

공자

보석은 사람을 아름답게 꾸며주는 것에 제 가치가 있고, 돌은 담을 쌓는다거나 다리를 만드는 등 사람들에게 편의를 제공해주는 것에 제 가치가 있습니다. 귀한 보석이든 하찮은 돌멩이든 각자의 쓰임새가 있는 것이지요.

사람도 마찬가지입니다. 돈이 많고, 권력이 있고, 명예가 높아야만 가치 있는 사람이 될 수 있는 것은 아닙니다.

모든 사람은 세상에 태어난 그 자체만으로도 가치가 있습니다. 아무리 못났다 하더라도 쓸모가 없는 사람은 없습니다. 어떤 곳에서는 당신의 힘을 필요로 하지 않을지도 모르지만 어떤 곳에서는 당신의 힘을 분명히 필요로 할 것입니다. 당신의 진가는 그때 발휘할 것입니다. 그러기도 전에 스스로를 '이 세상에 필요 없는 사람'으로 낙인찍지 마세요.

상식을 벗어나도 괜찮다

한 사례가 모든 사람에게 통용되는 것은 아니다.
각자가 자기에게 알맞은 방식을 찾도록 하라. ♣

요한 볼프강 폰 괴테

이제 남들이 이미 했던 것을 그대로 따라 하는 시대는
지나갔습니다. 남을 따라 해서 성공해봤자 인정을 받
기는 힘든 것입니다.

당신만의 독창성을 발휘해보세요. 남의 눈치를 볼 필
요가 없습니다. 상식에서 벗어난 것이어도 괜찮습니
다. 혁명은 원래 그렇게 이루어지는 법입니다.

쫓는 사람과 쫓기는 사람

**인생을 성공으로 이끄는 사람은 자기 목표를 똑바로 보고,
항상 겨냥하는 사람이다.**

♣
세실 데밀

세상에는 두 부류의 사람이 있습니다. 스스로 꿈,
운명, 환경 등을 쫓는 사람과 그것에 쫓기는 사람입
니다.

전자는 스스로 꿈을 꾸고 환경을 만들면서 운명을 지
배할 수 있습니다. 후자는 진정으로 원하는 꿈을 꾸
기도 전에 환경에 쫓기면서 운명에 휘둘릴 뿐입니다.

목표로 정한 것을 끝까지 쫓고 마침내 그것을 쟁취하
는 사냥꾼. 그리고 평생 환경에 시달리며 쫓기기만
하는 사냥감.

당신은 사냥꾼이 되고 싶나요? 아니면 사냥감이 되고
싶나요?

당신이 창조한 삶

나는 다른 어떤 규칙보다도 나 자신의 원칙을 가장 존중한다.

♣

미셸드 몽테뉴

아직도 남들이 어떻게 살아가고 있는지, 어떤 기준과 원칙을 가지고 있는지만 살펴보고 있나요? 아무리 다른 사람의 방식과 원칙이 훌륭해도 그것이 당신의 삶에 맞지 않으면 아무런 소용이 없습니다.

중요한 것은 당신 삶에 맞는 방식과 원칙을 스스로 정하는 일입니다. 당신만의 삶을 창조하세요. 당신이 스스로 창조한 당신만의 삶이 그 어떤 다른 사람의 삶보다 훌륭할 것은 자명합니다.

당신만의 강력한 무기

나에게 있어 진리가 되는 믿음이란 내 안의 장점을 최대로 활용하고,
그것을 행동으로 옮겨 최상의 의미를 얻는 것을 말한다.

♣

앙드레 지드

다람쥐는 작고 힘이 약하지만 날쌔기 때문에 쉽게 잡히지 않습니다. 또한 기린은 느린 대신에 목이 길어 멀리서도 적을 알아볼 수 있습니다.

사람도 마찬가지로 저마다 다른 강점을 갖고 있습니다.

당신의 강점은 무엇인가요? 그것을 찾아 살아가는 데 적극적으로 활용해보세요. 글을 쓰는 데 자신이 있다면 멋진 문구로 온 세상 사람을 감동시킬 수 있고, 무언가를 조용히 연구하는 데 자신이 있다면 혁명적인 발견으로 세상을 발칵 뒤집어놓을 수 있습니다. 당신만의 강력한 무기를 찾아내세요.

우리는 모두가 다르다

남의 생활과 비교하지 말고 네 자신의 생활을 즐겨라.

♣

콩도르세

영화 〈포레스트 검프〉에는 이런 명대사가 나옵니다. 학교 교장이 포레스트에 대해 "아드님은 보통 사람과 달라요. 아이큐가 75에요"라고 하자, 포레스트의 어머니가 "우린 모두가 달라요, 교장 선생님"이라고 한 것입니다.

남들보다 자신이 조금 모자라 보이나요? 그렇다 하더라도 당신은 틀린 인생을 살고 있는 것이 아닙니다. 남들과는 다른 인생을 살고 있는 것이지요.

사실 세상 모든 사람들이 각자 다른 삶을 살고 있습니다. 각자 잘하는 것이 다르고 못하는 것이 다릅니다. 어떤 한 가지를 남들보다 못할지 몰라도 어떤 한 가지는 남들보다 당신이 잘할 것입니다.

다른 사람과 자신을 비교하지 마세요. 당신은 당신 자체로도 이미 충분하니까요.

번쩍번쩍한 빛을 뿜는 법

자신의 매력을 발전시켜 남의 마음을 사로잡는 데 활용하라.
부자나 잘생긴 사람을 대체할 수 있는 것은 얼마든지 있다.

♣

벨타사르 그라시안이모랄레스

외모가 뛰어나지 않아도, 돈이 많지 않아도, 명예가 드높지 않아도 주위에 항상 사람들이 들끓는 이가 있습니다. 그에게는 자체적으로 빛이 번쩍번쩍 납니다. 그 빛의 정체는 바로 매력입니다.

매력이란 사람의 마음을 사로잡아 끄는 힘입니다. 사람마다 어떤 것에 매력을 느끼는지는 조금씩 다릅니다. 외모나 돈, 권력, 명예 등 외적인 매력뿐만 아니라 친절함, 유머, 현명함 등 내적인 매력에도 큰 힘이 있습니다.

내적인 매력은 노력한다면 누구나 가질 수 있다는 장점도 있습니다. 내적인 매력을 가꿔보세요.

착한 사람 증후군

**확실한 성공 공식은 알려줄 수 없지만 실패 공식은 알려줄 수 있다.
늘 모두의 비위를 맞추려 하라.**

♣

허버트 베이야드 스워프

'착한 사람 증후군'이라는 용어를 들어본 적이 있나요? 이는 한 개인이 '착한 사람'이 되기 위해 또는 '착한 사람'이라는 소리를 듣기 위해 내면의 욕구나 소망을 억압하는 말과 행동을 반복하는 것을 뜻합니다. 하지만 그러다 보니 언제나 내면은 위축되고 우울한 감정으로 가득 차게 되지요.

남들의 비위를 맞추기 위해 지나치게 당신을 희생하지 마세요. 당신의 희생을 남들이 알아줄 가능성은 거의 없습니다. 오히려 당신을 만만하게 볼 가능성이 큽니다.

당신의 인생은 다른 사람을 위해 흘러가는 것이 아닙니다. 바로 당신 스스로를 위해 흘러가는 것입니다. 따라서 당신 본연의 모습대로 살아가는 것이 중요합니다.

당신 인생의 주인공

타인의 비위를 맞추어주기 위해 자신의 내면이 아닌 바깥을 내다본다면
그것은 자신의 소중한 인생계획을 상실한 것이다.
♣
에픽테토스

다른 사람에게 칭찬을 받고 인정을 받는 것은 분명 기쁜 일입니다. 하지만 그 인정을 받기 위해 자기 자신까지 내던진다면 더 이상 진정으로 기쁠 수 없게 되어버립니다.

다른 사람의 기준에 이리저리 흔들리지 마세요. 중요한 것은 당신만의 기준과 원칙입니다. 당신의 인생을 온전히 당신의 것으로 만드세요. 당신은 당신 인생의 주인공이라는 사실을 잊지 마세요.

과감하게 무시할 필요성

**다른 사람의 비판을 피하려면 아무 행동도 하지 말고,
어떤 말도 하지 말아야 하며, 그 어떤 존재도 되어서는 안 된다.**

♣

엘버트 허버드

다른 사람이 지적한 것을 매번 받아들여 고치려고 하는 사람이 있는가 하면 다른 사람이 뭐라고 하든 자기 고집만 부리는 사람도 있습니다.

물론 자기 고집만 부려서도 안 되겠지만 남이 지적할 때마다 그대로 받아들이는 것 역시 좋은 것만은 아닙니다. 그렇게 휘둘리다 보면 당신의 목표를 향해 나아가는 발걸음이 늦어질 수밖에 없습니다.

남이 지적하는 점이 정말 그럴듯한 것인지 아닌지 잘 판단해보세요. 그리고 아니라고 판단이 되면 과감하게 무시하세요. 당신의 인생이 나아갈 방향은 결국 당신이 결정하는 것입니다.

도움이 될 만한 건더기가 없다

사람들의 참견에서 자유롭게 되는 것은
위대한 일을 성취하는 첫 번째 전제조건이다.

♣ 게오르크 헤겔

인생의 레이스에서 거의 결승선에 다다른 당신, 갑자기 어떤 사람이 와서 저쪽 길로 가는 것이 더 빠르겠다며 코스를 변경하길 제안한다면 어떻게 할 건가요? 솔깃해 하면서 거의 다 온 길을 되돌아갈 건가요? 아니면 쓸데없는 참견이라 무시하면서 달리던 길을 계속 갈 건가요?

불필요한 참견에 휘둘리지 마세요. 계속 신경 쓰다 보면 어느 순간 자신도 모르게 그들의 페이스에 말려 버리기도 합니다. 여기저기 참견하는 사람들이 제대로 된 레이스를 펼칠 리 없습니다. 그들의 참견에는 당신에게 도움이 될 만한 건더기가 하나도 없다는 것입니다.

당신이 세상을 변화시킨다

자신을 내보여라. 그러면 재능이 드러날 것이다.

♣

벨타사르 그라시안이모랄레스

한 개인이 수많은 사람들, 국가 전체, 세계 전체에 영향력을 끼치는 것을 보면 정말 대단하다는 생각이 듭니다. 연예인이나 정치인과 같은 유명인들이 그러한 사람들이겠지요.

하지만 당신도 분명 누군가에게 영향을 끼치고 있습니다. 당신의 가족, 친구, 회사동료, 이웃사람 등에게 말입니다. 숫자는 중요하지 않습니다. 한 사람이라도 누군가에게 영향을 끼치고 있다는 자체가 중요합니다.

당신은 그 영향력을 어떻게 더욱 좋게 만들지 고민해야 합니다. 당신의 영향력 때문에 한 사람 한 사람이 변화하다 보면 그들이 모이고 모여 언젠가는 세상이 변화할 수도 있습니다.

당신만이 당신을 행복하게 할 수 있다

수많은 갈등 요소에 휘말리도록 자신을 내맡기고, 너무 많은 요구들에 부흥하려
애쓰며, 엄청난 양의 업무를 수행하도록 강요하고, 모든 곳에서 모든 사람을
도우라고 자신에게 강요하는 것은 결국 폭력에 굴복하는 것이다.
♣
토머스 머튼

다른 사람을 어떻게 하면 기쁘게 할 수 있을지 고민하는 당신, 당신 자신을 위해 행복을 고민한 적은 얼마나 되나요? 혹시 남의 행복만 고민하느라 자신의 행복을 돌볼 시간은 턱없이 부족하지 않았나요?

그렇다면 이제부터는 당신 자신의 행복을 위해 고민해보고, 그것에 맞춰 살아갈 수 있도록 노력하세요. 당신이 누구보다 챙기고 아껴주어야 할 사람은 바로 당신 자신입니다.

약속이 존재하는 이유

아무리 보잘것없는 것이라도 한번 약속한 일은
상대방이 감탄할 정도로 정확하게 지켜야 한다.

♣

앤드루 카네기

당신은 약속한 것을 철저히 지키는 편인가요? 아니면 약속을 깨뜨리는 일을 밥 먹듯이 하는 편인가요? 언제부턴가 우리는 약속을 대수롭지 않게 여기게 되었습니다. 특히 친한 사이일수록 더욱 그러하지요. 당신도 약속시간에 5분이나 10분 정도 늦는 것은 별일도 아니라는 듯이 넘어가곤 할지도 모릅니다. 하지만 약속을 아예 깨뜨리는 것뿐만 아니라 시간 약속에 조금씩 늦는 것도 약속을 어기는 행동이라 할 수 있습니다.

약속을 사소하게 생각하지 마세요. 불만이 쌓이고 쌓인 상대가 어느 순간 당신에게 등을 돌리게 될지 모르니까요. 약속은 지키라고 있는 것입니다.

해답은 내면에 숨어 있다

**성공에 이르는 첫걸음은
자신이 마음속으로 무엇을 바라고 있는지 발견하는 일이다.**

♣

이마누엘 칸트

레이스의 막바지에 거의 다다랐을 때 다시 한 번 생각해보세요. 당신이 가고 있는 길이 정말 당신이 진정으로 원하는 길인지 말이에요. 해답은 당신의 내면에 숨어 있습니다. 그리고 그것은 다른 사람에 의해서는 볼 수 없으며, 다른 사람과 함께일 때도 잘 드러나지 않습니다. 오로지 당신 혼자서 조용히 집중할 때 드러나는 법입니다.

지금 당신의 내면에 귀를 기울여보세요. 당신이 진정으로 원하는 것은 무엇인가요?

이성의 반대, 감성의 찬성

**내면이 이끄는 것을 따르지 않으면
활기가 없고 힘이 빠지며 영적 죽음을 느끼게 된다.**

♣

삭티 거웨인

당신의 진실한 소망은 머리에서 나오는 것이 아니라 마음에서 나오는 것입니다. 당신의 이성은 다른 사람이나 그 밖의 외부 환경에 많은 영향을 받았을 가능성이 높습니다. 하지만 반대로 당신의 감성은 홀로 담금질되었을 가능성이 높습니다.

이성이 아무리 반대해도 감성이 원한다면 그것에 따르세요. 그것이 당신이 정말로 원하는 것이니까요. 지금 당장은 이성에 따른다고 해도 별 문제가 없겠지만 인생을 살면서 언젠가는 반드시 후회할 날이 올 것입니다.

황금열쇠는 당신에게 있다

네 운명의 별은 네 가슴속에 있다.

♣

프리드리히 실러

당신은 어떻게 될지 모르는 당신의 미래 때문에 불안해 할 수도 있겠지만 사실은 그럴 필요가 없습니다. 당신의 미래는 바로 당신 가슴속에 있기 때문입니다. 그럼에도 미래의 열쇠를 밖에서 찾는답시고 아등바등하는 사람들이 너무나도 많습니다. 밖에서 헤매느라 시간을 허비하지 마세요. 당신 내부에 집중하세요. 조용히 마음이 속삭이는 소리에 귀를 기울이고, 눈을 크게 뜨고 마음속을 살펴보세요. 곧 찬란하게 빛나는 황금의 열쇠를 발견할 수 있을 것입니다.

당신은 5초 만에 판단된다

어떻게든 아름다운 모든 것은
그 안에 미의 원천이 있고, 그 자체로 완전하다.

♣

마르쿠스 안토니우스

낯선 사람을 처음 만났을 때 당신은 그 사람의 어디를 가장 먼저 눈여겨보나요? 사람마다 제각각 다르겠지만 하나 분명한 것은 외적인 것부터 볼 수밖에 없다는 사실입니다.

사람에게는 남의 내면을 꿰뚫어 볼 수 있는 투시 능력이 없습니다. 따라서 처음부터 당신의 내면을 봐주기를 바라는 것에는 무리가 있습니다. 게다가 사람은 다른 사람을 첫인상으로 5초 만에 판단한다고 합니다. 그리고 그 첫인상은 쉽사리 바뀌지 않는다고도 합니다. 이미지 메이킹이 얼마나 중요한지 알 수 있겠지요?

좋지 않은 첫인상으로 당신을 오해하게 만들지 마세요. 당신의 아름다운 내면에 어울리는 겉면을 가꾸세요.

아름다운 마음 하나

**이 세상에서 가장 아름다운 것들은 보이거나 만져질 수 없다.
단지 가슴으로만 느낄 수 있다.**

♣

헬렌 켈러

헨리 롱펠로는 다음과 같이 말했습니다.

결코 화려하지도 투박하지도 않으면서
소박한 삶의 모습으로 오늘 제 삶의 갈 길을
묵묵히 가는 그런 사람의 아름다운 마음 하나
고이 간직하고 싶다

당신도 이런 아름다운 사람이 되길 바랍니다.

인생 레이스의 대타

자기 자신의 주인이 아닌 사람은 그 누구도 자유인이 아니다.

♣

에픽테토스

어쩌면 당신은 자기 자신을 믿지 못해 당신의 인생을 부모나 그 밖의 의지할 수 있는 다른 사람에게 맡겨버릴지도 모릅니다. 하지만 선택의 권리를 다른 사람에게 맡겨버리는 것은 당신의 인생 레이스 주자로 대타를 내세우는 것과 다름없습니다.

대타가 당신의 의지와는 다른 길로 간다 해도 당신은 뭐라고 할 수 없습니다. 그때그때 수정해줄 수도 없습니다. 대타가 결승선에 통과하지 못하거나 엉뚱한 결승선을 통과하고 나서야 비로소 땅을 치고 후회할 수 있을 뿐입니다. 하지만 그때는 이미 늦습니다.

당신의 레이스는 당신 스스로 뛰어야 합니다. 선택의 갈림길에 설 때마다 스스로 판단해서 결정하세요. 만약 그 선택이 잘못되더라도 즉각 수정할 수 있는 사람은 오직 당신뿐입니다.

바다가 항상 잠잠한 것은 아니다

여윈 자유는 살찐 노예보다 낫다.

존 레이

인생의 바다를 항해하고 있는 당신, 바다가 항상 잠잠하기만 한 것은 아니라는 사실을 알고 있겠지요. 그런데 많은 사람들이 거친 파도를 여러 번 맞닥뜨리면 지친 나머지 아무렇게나 휩쓸려 가버렸으면 좋겠다고 생각합니다.

하지만 모든 것을 포기하는 순간 배는 난파당하기 십상입니다. 그리고 그러기라도 한다면 그대로 끝입니다. 절대 방향키를 놓치지 마세요. 끝까지 조종할 수 있어야 합니다.

역경과 고난이 수없이 닥쳐온다고 해도 그것에 운명을 맡겨버리지는 마세요. 스스로 헤쳐 나가세요.

혼자만 행복하기에도 시간은 부족하다

사람들은 자기가 행복해지는 것보다 남에게 행복하게 보이려고 더 애를 쓴다.
남에게 행복하게 보이려는 허영심 때문에
자기 앞에 있는 진짜 행복을 놓치는 수가 있다.

♣

프랑수아 드 라 로슈푸코

남의 행복과 자신의 행복이 일치하는 경우도 있겠지
만 그렇지 않은 경우가 더 많습니다. 그런데도 남의
행복 기준에 자신을 맞추려고 무리하는 사람들이 있
습니다. 그리면서 자신의 행복은 무엇인지 잊어버리
기도 하고, 아예 생각할 틈조차 없어지기도 합니다.
그렇게 결승선을 통과한 후 뒤를 돌아보면 씁쓸함만
남게 마련이지요.
그들이 무엇에 행복을 느끼든 당신과는 아무런 상관
이 없습니다. 당신은 당신의 행복에만 집중하세요. 당
신 혼자만 행복하기에도 시간은 턱없이 부족합니다.

받기만 원하면 받을 수 없다

자신에 대한 존중이 우리의 도덕성을 이끌고,
타인에 대한 경의가 우리의 몸가짐을 다스린다.

♣

로렌스 스턴

사람이라면 누구나 남에게 인정받고 싶어 합니다. 그
것은 당신도 마찬가지일 것이고 당신 곁에 있는 수많
은 사람들도 마찬가지일 것입니다.

따라서 상대에게 인정을 받고 싶다면 먼저 인정해줄
줄도 알아야 합니다. 받기만 원하는 것은 오히려 절
대 인정받을 수 없는 심보입니다. 주는 만큼 되돌려
받는다는 것을 기억하세요.

열등감이 열등함을 낳는다

우리가 허락하지 않는 한
아무도 우리에게 열등감을 느끼게 할 수 없다.

♣

엘리너 루스벨트

이 세상에 하나밖에 없는 소중한 당신, 그럼에도 아직까지 열등감에 사로잡혀 있나요? 한시라도 빨리 열등감에서 헤어나야 합니다.

당신의 연등감이 열등함을 낳는 법입니다. 실제로 남들보다 열등하지 않음에도 불구하고 열등해질 수 있다는 말입니다. 열등함이 절대 태어나지 않도록 관리할 수 있는 것은 오직 당신뿐입니다.

'나는 실제로 열등해지지 않겠다'고 하루에도 수백 번씩 다짐하고 또 다짐하세요.

진짜 어른이 되는 방법

**미성년의 원인은 이성이 부족한 데 있는 게 아니다.
다른 사람의 지도 없이 스스로 생각하려는 결단과 용기가 부족한 데 있다.**

♣

이마누엘 칸트

당신은 어른이 된다는 기준을 무엇이라고 생각하나
요? 어떤 사람은 단순히 스무 살이 넘었을 때라고 생
각할 것이고, 어떤 사람은 결혼을 했을 때라고 생각할
것이며, 또 어떤 사람은 경제적으로 자립할 수 있을
때라고 생각할 것입니다.

모두 맞는 말이지만 진짜 어른이 되기 위해서는 스스
로 선택하고 그 선택에 책임질 수 있어야 합니다. 그
런데 선택은 하기 원하면서 책임지기 싫어하는 이들
이 너무나도 많습니다.

스스로 선택하고 책임질 수 있는 진짜 어른이 되세
요. 그리고 당신을 동경하며 빨리 어른이 되길 원하
는 이들에게 본보기가 되어주세요.

머리했네? 예쁘다!

칭찬에는 고래도 춤출 수 있게 하는 힘이 있습니다.
그만큼 칭찬이 가진 힘은 어마어마합니다.

칭찬은 누군가 거창한 일을 했을 때만 할 수 있는 것
이 아닙니다. 사소한 일에도 얼마든지 칭찬할 수 있
습니다. 예를 들어 상대방이 머리 스타일을 바꾸었
을 때 "머리했네? 예쁘다" 하는 별거 아닌 칭찬도 상
대를 하루 종일 기분 좋게 만들 수 있는 것입니다. 그
리고 기분이 좋아진 상대는 업무를 효율적으로 처리
해 상사에게 칭찬을 받았을 수도 있습니다. 당신의
사소한 칭찬이 상대방의 인생을 변화시킬 수도 있는
것입니다. 그리고 그 변화는 그대로 당신에게 되돌
아옵니다.

칭찬에 인색해지지 마세요.

자연의 변화보다 신비로운 것

너는 너이기 때문에 특별하단다.
특별함에는 어떤 자격도 필요 없으며,
너라는 이유 하나만으로 충분하단다.

♣
맥스 루케이도

당신은 가끔씩 계절이 바뀌는 것이나 밤낮이 바뀌는 등 자연의 아름다움과 신비함에 놀라워하곤 할 것입니다.

하지만 그러한 변화보다 더욱 위대한 것은 바로 당신 자신의 변화입니다. 당신 역시 자연 못지않게 신비롭고 아름다운 변화를 겪고 있습니다. 하지만 사람은 자연의 신비로움에는 감탄하면서 정작 자신의 신비로움에는 무디곤 합니다.

잊지 마세요. 당신은 충분히 귀하고, 신비롭고, 아름다운 사람입니다.

사람이 바뀌는 것이 더 쉽다

문제에 봉착했을 때는 환경이나 주변 사람을 탓하지 말고
자기 자신에게서 먼저 문제를 찾으세요.
주변 사람이나 환경을 바꾸기보다 자신을 변화시키는 일이 훨씬 쉬우니까요.

♣

힐러리 클린턴

어떤 문제가 생길 때마다 주위 환경을 탓하고 그것만 고치려고 하는 사람들이 있습니다. 하지만 문제의 근본적인 원인은 환경에 있는 것이 아니라 사람의 내부에 있는 법입니다. 그리고 이 말은 우리만 바꾼다면 문제는 의외로 쉽게 해결된다는 뜻이기도 합니다.

그동안 해결되지 않은 문제를 가지고 끙끙댔다면 한번 당신 자신부터 바꿔보세요. 문제는 의외로 단번에 해결될지도 모릅니다.

스스로 빛을 내뿜는 보석

자존이야말로 모든 미덕의 초석이다.

♣

존 허셜

스스로 빛을 내는 보석에 많은 사람들이 마음을 빼앗기곤 합니다. 보석은 스스로 빛을 낼 줄 알기 때문에 더욱 아름다워 보이고 가치 있어 보이는 것입니다.

사람도 이러한 보석과 마찬가지로 스스로를 빛낼 줄 알아야 합니다. 이러한 빛은 자기 자신을 사랑할 때 내뿜어질 수 있습니다.

스스로를 사랑하지 않는 사람을 남들이 사랑해줄 리 없습니다. 먼저 자신부터 사랑하세요. 당신의 인생이 아름다워질 뿐만 아니라 남들의 사랑은 자연스럽게 따라올 것입니다.

가장 사랑하는 사람에게 주는 선물

내가 살아 있는 동안에는
결코 나로 하여금 헛되이 살지 않게 하리라.

♣

랠프 월도 에머슨

사람들은 사랑하는 사람에게 자신의 마음을 표현하기 위해 선물을 주고는 합니다. 그런데 그 누구보다 당신이 챙겨야 할 사람은 바로 당신 자신입니다. 세상에서 가장 사랑하는 낭신 자신에게 최고로 좋은 선물을 주세요. 스스로에게 가장 좋은 선물이란 즐겁고 행복한 인생을 사는 것입니다.

이 세상의 시간은 너무나도 부족하다

인생에 있어서 최고의 행복은
우리가 사랑받고 있음을 확신하는 것이다.

♣

빅토르 위고

소중한 사람들과 싸워본 경험이 누구에게나 있을 것
입니다. 이때 마음은 그렇지 않은데 어쩌다 보니 독
한 말들이 저도 모르게 튀어나오기도 하지요.

다음에 또 그런 순간이 찾아온다면 잠깐만 마음을 가
라앉혀 보세요. 그리고 다음과 같은 말을 항상 가슴
속에 묻어두었다가 그때그때 꺼내보세요.

사랑하는 사람들과 즐겁고 행복하게 지내기에도 이 세
상의 시간은 너무나도 부족하다는 사실을 말이에요.

이제 고지가 눈앞이다

내 자신에 대한 자신감을 잃으면 온 세상이 나의 적이 된다.

♣

랠프 월도 에머슨

원대한 꿈을 꾸고 그 꿈을 향해 열심히도 달려온 당신, 이제 그 꿈을 이룰 수 있는 날이 머지않았습니다. 기나긴 과정이 그리 순탄하지만은 않았을 것입니다. 시련과 고난이 닥쳐왔을 때마다 포기하고 싶었던 순간들도 분명 있었을 테지요. 하지만 당신은 꿋꿋이 이겨냈습니다.

정말 잘해냈습니다. 이제 당신만을 위한 보상을 마음껏 누릴 차례입니다.

신이 정해준 소임

누구나 위대한 사람이 될 수 있다.
누구나 남에게 필요한 존재가 될 수 있기 때문이다.

♣
마틴 루서 킹

이 세상에 태어난 이상 귀하지 않은 사람은 없습니다. 각자 신이 정해준 소임을 다하기 위해 태어난 것입니다.

당신 역시 마찬가지입니다. 때때로 자신이 아무런 쓸모가 없는 것처럼 느껴질지 모르지만 누군가는 당신의 도움을 애타게 기다릴 수도 있고, 당신이 아무렇지도 않게 한 말에 다시 한 번 살아갈 용기를 얻을 수도 있습니다.

결국 사람은 사람에게 제일 큰 힘을 받습니다. 주위에 있는 친구들뿐만 아니라 당신 자신을 포함한 모든 사람들에게 소중히 대해주세요.

미약한 것은 창대해진다

한 아름이나 되는 큰 나무도 작은 싹에서 시작되고,
구층이나 되는 높은 누대라도 한줌의 쌓아놓은 흙으로부터 시작된다.

노자

작은 유목이 자라서 커다란 아름드리나무가 되고 작은 모가 익어서 실한 벼가 되듯이, 세상의 모든 미약한 것은 결국 창대해집니다.

당신도 마찬가지입니다. 자기 자신이 한없이 작아 보일지 몰라도 당신은 더욱 크게 변화하고 있는 중입니다. 과거에도 그랬고, 앞으로도 그럴 것입니다.

당신의 시작은 미약할지라도 그 끝은 창대할 것입니다.

신은 기도를 들어준다

**사람을 있는 그대로 받아들이면 그를 타락시킨다.
그가 될 수 있는 가능성을 통해 보면 그를 발전시킨다.**

♣

요한 볼프강 폰 괴테

무언가를 원하는 당신, 신에게 간절히 기도해본 적도
있을 것입니다. 그리고 때때로 신이 자신의 기도를
들어주지 않는다며 원망을 해본 적도 있을 테지요.
하지만 신은 분명 당신의 기도를 들어주십니다. 다만
이루는 자체를 주시는 것이 아니라 이룰 수 있는 기회
를 주실 뿐입니다. 그리고 우리가 더욱 나은 존재로
발전하기를 바라시는 것이지요. 그 기회를 얼마만큼
잘 활용하느냐는 오직 당신의 몫입니다.
기억하세요. 신은 당신이 전지전능해지기를 바라시
는 것이 아닙니다. 여러 가지 기회와 과정을 통해 점
점 발전하기를 바라시는 것입니다.

당신이 헛되이 보낸 오늘

영원히 살 것처럼 꿈꾸고 오늘 죽을 것처럼 살아라.

제임스 딘

길었다면 길 수도 있고 짧았다면 짧을 수도 있는 오늘 하루를 당신은 어떻게 보냈나요? 정신도 없을 만큼 바쁘게 보냈나요? 1분이 한 시간처럼 느껴질 만큼 지루하게 보냈나요? 눈물이 퐁퐁 솟을 만큼 힘들었나요? 후에 생각해도 웃음이 절로 나올 만큼 즐거웠나요? 중요한 것은 어떻게 보냈든 하루하루는 정말 소중한 선물이라는 사실입니다.

조금 상투적으로 들릴지 모르겠지만 이 말은 정말 당신이 가슴속에 깊이 새겨두어야 할 진리입니다.

'당신이 헛되이 보낸 오늘은 누군가가 그토록 바라던 내일'이라는 말을 잊지 마세요.

기나긴 여행길에 오르다

얻은 것은 이미 끝난 것이다.
기쁨의 본질은 그 과정에 있으므로.

♣

윌리엄 셰익스피어

목표를 세우고, 그 목표를 향해 달리고, 마침내 성과의 기쁨을 맛보는 인생은 기나긴 여행과도 같습니다. 여행을 떠날 때도 먼저 어디로 갈지 정한 다음, 여행길에 오르고, 목적지에 도착했을 때 말로 할 수 없는 행복을 느낍니다. 때로는 도중에 예상치 못한 고난과 시련을 겪을 수도 있습니다. 하지만 도중에 포기해서는 목적지에 도착했을 때의 기쁨을 절대 맛볼 수 없습니다. 피할 수 없으면 즐기세요. 목적지만 보고 달릴 것이 아니라 그 과정 자체를 즐기면 훨씬 행복할 수 있을 것입니다.